講談社文庫

月の都　海の果て

中村ふみ

講談社

目次

イラスト／六七質

那兪（なゆ）

天令。天の意思を地上にもたらす御使い（みつかい）。飛牙に肩入れしたため天に戻れない。

飛牙（ひが）

徐（じょ）の元王様。当時の名前は寿白（じゅはく）。長い放浪生活ですっかりやさぐれてしまった。

正王后
徐国から越王家へ嫁いだ飛牙の大叔母。名は瑞英。
裏雲
飛牙の乳兄弟。禁を犯して黒翼仙になった。
余暉
越の第三王子。王位争いからは距離をおき、屍蛾毒の特効薬を開発中。

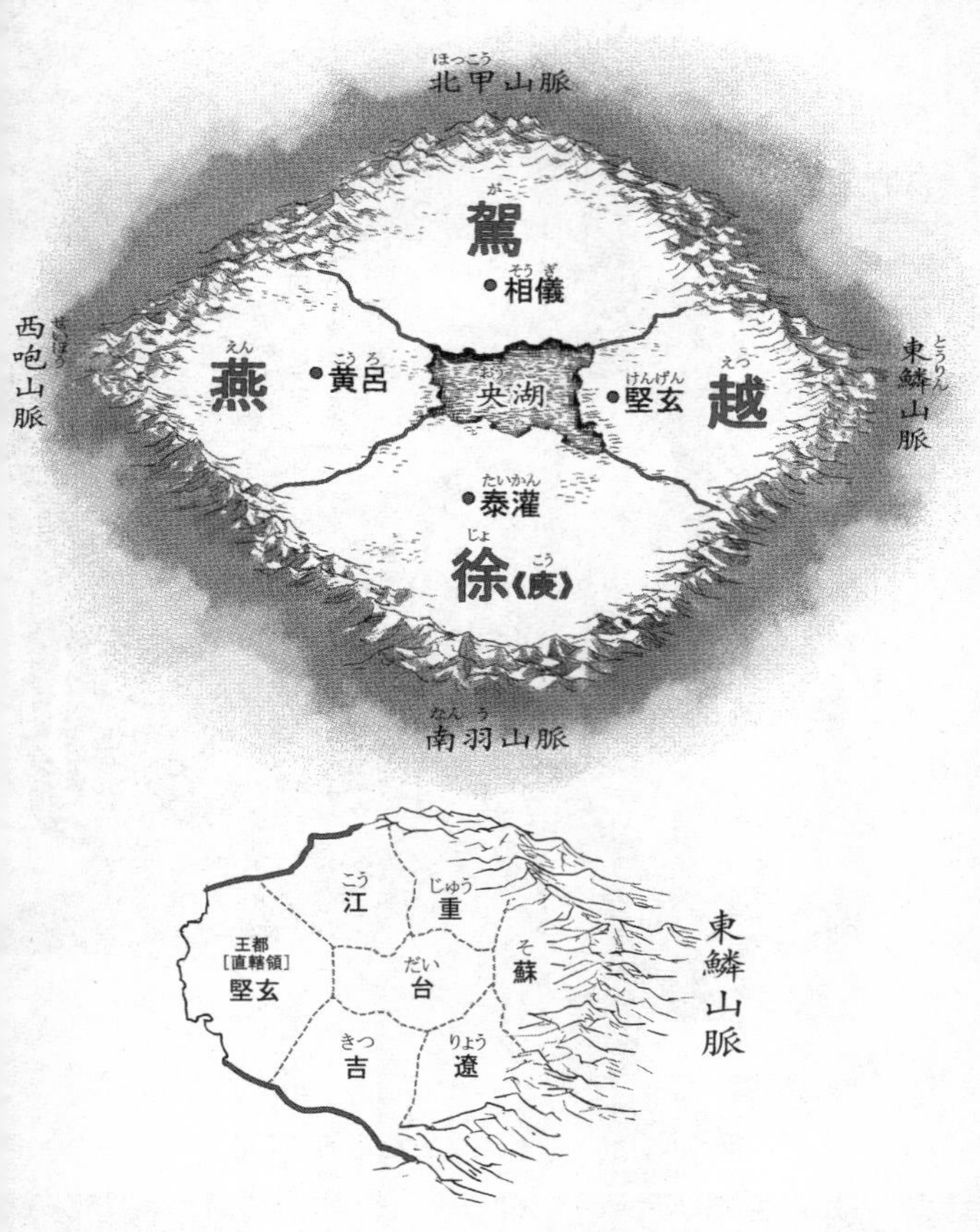

地図作成・
イラストレーション／六七質

月の都　海の果て

序章

北の大地は一年の半分が冬だった。

きっと凍てつくような寒さなのだろう。人の心を魔物に変えるほどに。だが、天令にはそういった苦痛はわからない。寒いということは理解できる。痛みも感じる。ただ、それは苦痛ではない。

窓の外では樹木が鮮やかな緑に染まり短い夏を謳歌していた。

またすぐ冬がくる。

日を遮る厚い雲からは雪が降る。氷の矢のような風が吹き、人々はまた心まで凍えるのだろう。

邪悪なものに立ち向かう力も削がれる。この国の民は自分たちが何に支配されているかを知らない。

ここは天下四国の他の国とは根本的に違う。建国以来三百年以上もの間、凍りついたまま止まっている。

「……情けないわ」

思思は首にはめられた鉄の輪を摑んだ。天令の軛――これさえなければ、光となって天へ昇ることもできる。艶やかな蝶になってこの部屋から飛び去ることもできる。

この厄介な国を任せられたのは、優秀な天令だからだと自負していた。にもかかわらず、思思は呪術によって捕らえられてしまった。もう三十年ほどもたつ。

三十年など天令にとってはたいした歳月ではない。天で矯正を受けているわけでもなく、ここでの生活はただ退屈なだけの日々だった。

義務づけられているのは、一人の男と話すことだけ。

そろそろ来る頃だろう――闇に染まりきった憐れな男が。

思思は長い銀色の髪を後ろに掻き上げた。薄桃色の着物はこの前あの男が置いていったものだった。透ける裳裾がひらひらと揺れ、あまり機能的とは言えない。着てやる筋合いはないのだが、こんなものでもいくばくかは退屈を慰める。

外見は十三、四の少女だ。とても美しいらしい。人間の美の基準は天令にとって意味のないことだが、天の一部である以上は、人から見て見苦しいわけにはいかないのだろう。

『君は完璧な造形美だ』

あの男もよくそう言う。

男盛りだった彼も今ではすっかり老人だ。そう遠からず命は尽きる。果たしてどうする気なのか。

恐ろしい術師だ。

天下四国のすべてを手中に収めようとしている。そのために徐国を滅ぼした。燕国には砂漠が広がっている。次は越にもその黒い手を伸ばそうとしている。

だが、徐は再興したという。なんでもあの出来損ないの那兪が干渉したようだ。あの男が面白おかしいというように話してくれたが、腹立たしさはあるように見えた。なにしろ、自慢の計画を邪魔されたのだから。天令が地上にそれほどの干渉をするなどとんでもない話ではあるが、奴の計画が崩れたのかと思うと愉快だった。

こんなところで長く閉じ込められているせいか、いささか人間臭い喜怒哀楽が出てきているのかもしれない。

「良くないことね」

こうやって独り言を呟くのもどうかと思う。

もうじき天が何かしら動くのではないかと思思は考えていた。あの男の〈体〉が死ぬ。そしてここの王族はあの男を入れても三人しかいない。

他国を滅ぼそうとしているが、この国こそがもっとも危ういのだ。天は近く動く。

天下四国に寿白という英雄が現れたのもそのためだろう。つまり那兪の干渉をある程度認めているということ。

「それが私を助けるということになるのかどうか」

そこらへんはわからない。救われる価値のないものとして捨て置かれるのかもしれない。思思はそれだけの過ちを犯したのだ。

とはいえ、あの男には一矢報いたいものだ。天令に首輪をつけたのだ。その罪、許しがたい。

扉を叩く音がした。

（私しか話し相手がいない可哀想な人）

彼はなんでも話してくれる。その野望も、どうやって邪魔者を消していったかも。他国に企てた恐ろしい陰謀の詳細に至るまで。

思思は優雅に椅子に座ったまま、男を迎える。

「お入りなさい」

鍵を開ける音がして、扉が開いた。

第一章　受難前

一

体が焼けるようだった――あのときのことは忘れられない。

だからこうして今でも夢に見る。

夢とわかっているならいっそ目覚めてしまえばいいようなものだが、それをしないのは夢の中ならば母に会えるからかもしれない。

胸まで吸い込み罹患すれば致死率九割、四日で死ぬ。この毒を振りまく大きな蛾の姿をした暗魅に、越という国は長年悩まされてきた。天下二百九十九年秋、屍蛾が大発生し、都にまで大群で押し寄せてきた。屍蛾は央湖のほとりで発生し、東の山脈を目指す。本当の目標は東鱗山脈の向こうにある〈海〉だと言われているが、確かめた者は誰もいない。屍蛾の目的がなんであれ、王城にも鱗粉が舞い、多くの者が倒れた。

その中にはうら若き母と幼い男児もいたのだ。余暉とその母玲玉は、鱗粉の毒を吸って三日目。まさに死の床にあった。

(……かあさま)

熱くて熱くて、このまま死ぬのだと幼いながらに感じたものだ。握ってくれる母の手も熱かった。

母と死ぬのだ。一緒なら怖くない。今、この体の中から焼かれる熱さを乗り切れば、そこは母とともに過ごす花園に違いない。そこには奥の女たちが向ける冷ややかな眼差しも辛辣な言葉もないのだ。

卑しい下働きの娘などと罵られ、隠れて泣く母を見なくてもいい。早く死んでしまいたい。この手を離さず、ともに苦しみのない世界へ旅立つ。漠然とそう感じることで五歳の余暉は耐えていた。

何度も見る夢は寸分違わず、先の先までわかっていた。

このあとは戸が開けられ、祖父の声がするのだ。

「玲玉、死んではならん」

飛び込んできた祖父の手には薬の小瓶が握られているのだろう。大混乱のさなかとはいえ、ここは奥の陣。母子のいる宮に飛び込んできたのだから、祖父の覚悟のほどが知れる。ただ娘を救いたい一心であった。

「これを飲むのだ。三日目ならまだ間に合う」

屍蛾の毒を消す薬だった。薬師の祖父にとっても貴重なものだ。

「父さん……それを余暉に」

返す母の声はもう息だけだった。

「捨て置け、望んで産んだ子ではなかろう。おまえは陛下に半ば無理矢理――」

「わたしの子です……わたしの愛しい……だからこの子に薬を」

このとき母はどんな顔をしていたのだろうか。思いがけず王の妾の一人となったものの、いずれ家族の元に帰りたいと思っていた母は決して幸せではなかったはずだ。

「そうか……おまえはもう母なのだな」

落胆した声には、娘を誇りに思う気持ちも滲んでいたように思えた。

祖父にとって、手込め同然で生まれた孫より、娘のほうが可愛いのは当然だった。娘を助けたい一心で早馬で駆けつけたのだ。娘を諦めることが、どれほど断腸の思いであったか。

「よいか、母に報いるのだぞ」

祖父は幼子の体を少し起こすと、薬を飲ませた。

体の中の熱が潮のように引いていく。同時に幼い余暉は眠りに落ちていく。母のことは気になったが、弱り切った体は一刻も早い休息を求めていた。

（かあさまも……）

余暉は母の手を握ったまま、深い眠りについた。

目覚めたとき、握っていた母の手は冷たかった。

＊　＊　＊

母の手の冷たさに気付いて、本当に目が覚める。何度も見る夢だが、そのたび朝から疲れてしまう。

「……だるい」

余暉は寝床から起き上がると、ぐるりと首を回した。窓を開け、空の青さに安堵する。いつもの長閑な村の風景があるだけだ。この落ち着いた日常がどれほどありがたいか。

屍蛾の大群が飛んでくると空は禍々しく黒くなるのだ。あんな空はもう二度と見たくない。だが、屍蛾は十四年の周期で大発生する。今年がその年だ。

「秋までに一つでも多く朱瘉草を採らないと」

窓からは宝里村が見渡せ、その向こうに山がある。雪が降ればもう山には入れない。今のうちに採れる限りの朱癒草を手に入れなければならなかった。

「余暉、今頃起きたの？」

からかうような若い女の声に少しほっとした。名を花南といい、余暉より二つ年下の村娘だった。

「そんなに遅いかな」

「遅いわよ。みんな日が昇る前には起きてるんだから。もう冬支度で大忙し。お坊ちゃまはこれだから」

働き者の村娘にぴしゃりと言われた。花南は可愛らしい顔をしているが、余暉にはなかなか厳しい。王子であることは秘密にしているから、お坊ちゃまだと思われている主な理由はおっとりとした性格と容姿のせいだろうと余暉は思っている。これでも薬草を求めて山を歩き回っているのだから、村の男たちと比べても決して柔ではないはずだ。

「天気がいいから山に行くよ。花南も来ないか」

「冗談じゃない。そりゃ朱癒草は大金になるけどね。一攫千金に賭けられるほどみんな豊かじゃないわよ。それだからお坊ちゃまって言われるの」

なるほどそういう理由なのか。しかし、余暉が朱癒草を探し求めるのは金のためではない。母のように屍蛾の毒で死ぬ人がいなくなるようにと願ってのことだ。しかし、こんなことを言えば余計金に困らない苦労知らずに思われるのかもしれない。

(実際、父上から祖父ちゃんに多額の養育費が渡っていたのも事実だ)

祖父ちゃんは利用すればいいと言った。

王がくれる金を薬作りに注ぎ込む。それがいつかこの国の人々を救うと豪語したのだ。そう思えばこそ、王子である余暉を城から離し、村で育てることを王に提案した。余暉もまた母のいない城で暮らすより、祖父の元にいたかった。元々祖父は都の外れで薬師をしていたのだ。

二人の思惑は一致し、あれから十四年この村で暮らしていた。このことは村人には内緒だ。王子やその祖父として扱われたいとは思わない。南の徐国との国境近くにあり気候も良く、土と山に恵まれたこの土地を終の棲家と決めていた。

なにより花南によそよそしくされたら嫌だ。

「山の神様にちゃんと手を合わせていくのよ」

花南が釘を刺す。山道の入り口に小さな祠があるのだ。

「わかってる」

「さ、あたしは玉蜀黍を収穫しに行かなきゃ。余暉も薬草探し頑張りなさいよ」

逞しく籠と鍬をかついで花南は畑へ向かっていった。

働き者の花南に負けていられない。余暉は着替えると、部屋を出た。流しから鼻が曲がるような臭いがしてくる。

「祖父ちゃん、その草を煎じるのは外のほうがいいって」

薬師の老人は虫下しの薬を作っているのだが、これがまた臭い。

「朝は冷える。わしゃ、か弱い老人だぞ」

染みだらけで、皺だらけ。禿げているのに眉毛だけは白く太い。眼光鋭く、半分魔物が入っているような顔はとうていか弱くは見えない。名を沄景という。

「いや、夏だよ」

「日差しがきつい」

ああ言えばこう言う。要するに面倒なので外に出たくないのだ。

「飯は握っておいた。早く草を採ってこんか」

ただ丸めただけの飯が何個か置かれていた。栄養の問題があると思うが、薬師の不養生というか、そのへんは無頓着だった。

山で茸や果実も採ってこなければならない。まだまだこの老人には元気でいてほしかった。がめつくて口うるさい偏屈な老人だが、命の恩人だ。

（……僕を助けるために娘を失わせてしまった）

肉親の情と借り。ともに薬を作っているのはそれだけではない。余暉自身がこの仕事が好きだったからだ。

「朱癒草見つけてくるよ」

握り飯を喰うと、余暉は背中に麻袋を背負った。

「薬師だか山男だかわからなくなってくるけど」

「仕事などそんなものだ。兵だってめったに戦がないのだから、警備と災害の復旧をしている。農民だって内職の一つもせねば喰っていけん」

「はいはい。歳取ってあまり動けなくなってから、それだけに打ち込む贅沢が得られるんだよね」

何度も聞いた話だから、もう結論もわかっていた。要するに山で草を採ってくるのは若造で、自分は家でゆっくり玄人の仕事をするのが当たり前という言い分なのだ。

(ま、修業中だし。いいか)

植物の見極めは二年前にやっと一人前と認められた。自分はまだまだこれからなのだ。一生の仕事として取り組むだけだ。

王子と言ってもみそっかす。父王は病床にあると聞くが、国政は二人の兄が頑張ってくれるだろう。もう顔も覚えていないし、兄たちも弟がいたことなど忘れているに違いない。

王子としての役割など誰にも期待されていないのだから、好きにやるだけだ。

なんでも徐国が再興したと聞く。一度は革命で倒れたものの、亡き王の遺児が颯爽と現れ民を守り、徐国を甦らせたらしい。他国のこんな小さな村にまでその名声が届くのだから、さぞや輝かんばかりの素晴らしい英雄王なのだろう。

自分は剣一つ握れない。同じ王子でもずいぶんと違うものだ。村暮らしのこの身と比べるほうが間違っている。向こうは諸国を旅し、あまたの冒険を重ねて天下無双の剣士となり国を取り戻した、それこそ天の申し子のような傑物なのだから。

国は意外と不安定で、いつ倒れるやもしれないものらしい。王族の務めも決して楽ではないはずだ。父と兄がうまく王国という船の舵をとってくれることを祈るばかりだった。

余暉は歩きながら、ふと都の方角に目をやる。夏の空は澄み渡って、遠い彼方まで広がっていた。

「たぶんもう、二度と都に戻ることはないだろうな」

ここで薬を作って生きていく。そうやって一人でも多くの人を助ける。それが母から二度命を貰った自分の使命だった。

まだまだ半人前だけど、いつかこの国から屍蛾の毒で死ぬ者をなくせたら——その想いだけで余暉は山に入った。

鬼宝山はその名のとおり宝の山だ。貴重な薬草が多く自生しているのだ。

二

天下三百十三年、夏。

四国の東に位置する越国は二つの危機を迎えようとしていた。一つは十四年周期の年を迎える屍蛾大発生への懸念。もう一つは、越王悟富が余命いくばくもない病状にありながら、次の王が決まっていないということであった。

「まったく……頭が痛いわ」

王后瑞英はこめかみを押さえぼやいた。しのつく雨が頭痛を呼んだわけではない。若かりし頃は美貌で鳴らした王后も初老の今では体格も良くなり、貫禄のほうが勝っている。眉間の深い皺は板挟みの苦悩を物語るようだった。

「夫が死にかけているというのに、皆慰めの言葉一つない。味方になってくれ、とそればかりだ。嘆かわしいことじゃ」

正王后の宮で瑞英の言葉に耳を傾けているのは御年八十を過ぎた丞相だった。名は周文、名宰相と謳われたが、髪も髭も一本残らず白くなっていた。

「まことに」

こくこくと肯き、王后に茶を差し出す。

「雨に打たれた蓮(はす)の花の美しいことよ。たいした慰めにもならぬが」

窓から見える池には可憐(かれん)な花々が咲いていた。王后が嫁いできた際、持ってきた花だった。原産は南異境だと聞く。

「よき花です。見ているとあの世とはこのようなものかと思わせられまする」

「そなたはよいのう。こんなときに隠居の挨拶(あいさつ)とは気楽なものじゃ」

「陛下がご存命のうちはと思っておりましたが、私のほうが先になりそうです。死ぬときは生まれ故郷でと決めておりました。どうかご勘弁を」

十年以上前から辞意を表明していたものを引き延ばしてしまった。その点に関してはこちらが悪い。王后としても認めるしかなかった。王と丞相が同時にでも死のうものなら目も当てられない。

「こちらこそ悪かったな。しかし、だからといってわらわを丞相代理にまで指名するのは迷惑しごく」

「申し訳ございません。他に方法がなく」

次の丞相にと、目をかけていた中立派の官吏が去年急死してしまったのだ。それ以外の人材となると、もはやどちらかに組み込まれており、とても次の丞相に指名できる者などいなかった。

「ここは王后陛下に名目だけでも代わっていただき、新王が即位したあと決めるしかございません」

そういうことだった。今、二人の王子のどちらかの息のかかった者など指名しようものなら、王后はそちらについたということになってしまう。なんとしてもそれだけは避けなければならなかった。丞相の苦肉の策である。

「わらわも生まれ故郷で死にたいものじゃ。そなたはよいのう」

心からの羨望であった。

「自由がききます。こうなると子がいなかったのが救いに思えまする」

子供どころか、この男は結婚もしなかったのだ。まったく賢明なことだ。自分にもその選択が許されたなら——そんな詮無いことを思ってしまう。第十三代徐王の娘として生まれた瑞英には贅沢すぎる望みだったのだ。

「ほんに羨ましい。わらわなど寄る辺ない他国まで嫁に出されてしまった。その挙げ句が跡継ぎに恵まれず、他の女たちが産んだ王子のどちらにつくのかと責められる。知るものか、と言いたいわ」

越に嫁いで四十三年。愚痴の数なら誰にも負けない自信があった。

正王后には子はいない。輿入れから三年で男児が生まれたのだが、生後まもなく身罷った。本来王后と呼ばれるのは王太子を産んだ女だけである。しかし、国と国との盟約による婚儀であったため、瑞英には嫡男の有無にかかわらず正王后の地位が与えられていた。

いささか頼りない悟富王に代わり采配を振ってきたこともあり、瑞英は長きにわたり国政で力を発揮してきた。

「それだけ力をつけられたのです。嫁いでこられた頃は泣いてばかりでしたのに、逞しくなられましたな」

「当たり前じゃ。可憐な姫も図太い婆よ」

「私から見ればまだまだ可愛いものですが」

丞相は充分本気で言っていた。二十も歳が違えばそうかもしれない。

「そなただけよ、そんなことを言うのは」

悟富王の信頼厚く、この歳まで丞相を務め上げた男だ。王后が唯一腹を割って話せる相手でもあった。

「しかし、王位継承の問題は、悩むところですな」

「長男に決まっておろうと言いたいところだが、よりによって同じ日に生まれるとはな」

便宜上一の宮、二の宮などと呼んではいるが、どちらが早く生まれたか、これがまた判断がつきかねるらしい。一の宮のほうがほんの少し王への報せが早かったというだけなのだ。二の宮側から、生まれたのはこちらが先と猛抗議。

それが三十三年続いた。生まれたときから我こそは王太子といがみ合っているのだから始末に負えない。いや、厳密には本人たちよりそれぞれの生母の陣営と言うべきか。

「天の悪戯というところでしょうか」

「せめてその人品に明らかな差があれば良いのだが、それぞれに一長一短。そんなに揉めるなら籤ででも決めればよかろうに」

「一度提案したのですが、籤で決まった王となると、他国に笑われてしまうとどちらも難色を示していらっしゃいます」

王后は深く溜め息をついた。

「くだらぬ。話し合って決めたと言っておけばよかろう」

人望の一の宮、能力の二の宮などと言われているが、今眠り続けている越王などどちらもなかったのだ。それを思えば誰が王になっても御の字であろう。

「負けたほうが悔し紛れに話してしまうのが目に見えておりますゆえ」

「越は武人の国ではないか。武人たるものそのような往生際の悪いみっともないことを」

武を尊ぶ男たちが護る国。そう言われて嫁にきたというのに、当時王太子だった夫ですら剣も構えられないようなでっぷりとした腹をしていたものだった。

「残念ながら遠い昔のことにございますな」

「まあ、この国のことは言えぬか。徐など不甲斐なく一度は滅びてしまったのだから」

祖国を想い、王后は再び吐息を漏らす。

南の徐国は今から十年前に一度滅んだ。干ばつから飢骨を生み、国が荒廃した挙げ句に山賊上がりの男が率いる反乱軍に国を奪われた。三百年続いた徐は最近まで庚と名を変えていたのだ。その庚国は悪政に次ぐ悪政で人心が離れ、そこに颯爽と現れたのは死んだはずの徐王の遺児。その獅子奮迅の働きによって徐国が甦ることとなった。

「しかし、たいしたものではございませぬか。二十歳そこそこの若者が艱難辛苦の末、国を取り戻したとは」

「許昆の息子か。会ったこともないが、確かによう頑張ってくれた」

簒奪により命を落とした第十五代徐王許昆は、瑞英の甥にあたる。

「山賊に国を奪われ、寿白までが梟首となったと知らされたときは、さすがに嘆いたものよ。助けてやれなかったことをどれほど悔やんだか」

寿白の部隊は瑞英を頼り、越国への亡命を求めていたのだ。だが、王太子の寿白を受け入れることは〈庚〉との関係を最悪なものにしてしまうだろう。開戦にでもなれば、天下四国を揺るがす大事となる。瑞英も王に強く求めることはできなかった。

「仕方ありますまい。我が国も大災厄からの爪痕で余裕はなく、陛下はもちろん、一の宮も二の宮も反対なさっていましたゆえ」

「なのに、徐が再興したら掌を返すように胡麻を擂ってきおった」

王后は盛大にふんと鼻を鳴らした。

徐国が復活したことで瑞英の権力はさらに増した。正王后の後ろ盾を得ることは隣国を味方につけることにもなるからだ。だからこそ、玉座を争う二人の王子は瑞英に後見となってもらいたくて、あの手この手の騒ぎだった。

そのうえ、丞相代理となるはめになったのだ。現在、この国の真の王は瑞英王后であった。だからといって表だって王として振る舞えるわけでもなく、面倒くさいことこのうえない。

「寿白など女官が産んだ弟に王位を譲ってしまったというではないか。ここの王子たちにもそのような広い心があれば、どれほどよかったことか」

しかもその弟は庚の王太子でもあったのだ。反対する者も多かったと思うが、よくぞ納得させたものだと感心する。

「真の英雄とはそういうものなのでしょう」

「あの気弱な許毘の息子がのう」

湯気をたてる茶を口にした。寿白の父親の許毘王ですら、子供の頃しか知らない。祖国は遠くなってしまった。今となっては徐から取り寄せる懐かしいこのお茶だけが王后と祖国を結ぶかのようだった。

「……会ってみたいものよ」

しみじみとそう思った。これも血が呼ぶのか。

「噂によると、寿白殿下は燕国に入ったとか」

「そちが差し向けた間諜であろう。まあ、その程度のことは調べておかねばな」

「帰郷までにそのへんも引き継がせていただきます。寿白殿下はどうやらお供の少年とともに旅をしていらっしゃるようですな。何が目的なものやら」

自分なら目的のない旅をしてみたいものだ。さて、寿白はどうであろうか。

「それで、寿白は燕で何をしているのだ」

「残念ながら、我が手の者は道中、殿下を見失ってしまいました。尾行に気づいたのか、殿下たちは突然大木の陰に隠れ、その直後、目映い光が放たれたとか。しばらく目をやられ、追うことも適わなかったのだそうです。方向からして王都、黄呂に入ったのではないかと思われますが、その後の行方は杳として知れず」

「光とな。それはそれは。いささか神がかっておる」

「いやいや、おそらく見失った言い訳でしょう。しかし、心配なのは誰が次の王かだけではございません」

「屍蛾か。そろそろだのう」

「はい、前回はひどい有り様でした」

十四年前の大発生では国中で八万人が死んだとされる。働き手も減り、翌年はさらに飢饉(ききん)に見舞われた。これで飢骨などが現れたらもはや国が滅ぶ。そう思い、王后と丞相は官吏たちの反対を押し切って都の倉を開けた。古米などの備蓄食糧をすべて振る舞うことで餓死者を最低限に止(とど)めたのである。

「薬は何人分ある?」

「残念ながら都でも百名分ほどです」

「その程度か」

また頭が痛くなってきた。

屍蛾は退治するにも厄介な暗魅だ。襲いかかってくるわけでもなく、容易(たやす)く斬(き)ることもできる。しかし、駆除しようとすれば鱗粉を吸うことになる。水に濡(ぬ)れれば毒はおおかた無効化される。放水するくらいしか、対処のしようがない。だが、敵は空を飛んでいるのだ。水をかけるといっても限界がある。雨の日にはもちろん暗魅は飛ばない。

連中は昼夜を問わず移動する。昼なら空を黒くして迫ってくる。夜ならさらに夜を黒くする。産卵するわけでもないのになんの目的があるのか、毎年国を横断して、東の山脈へと向かう。その際、都を通過することが多い。大発生の年に都を通ると戦並みの大惨事となる。それが十四年前のことだ。

親からではなく、闇(やみ)から生じる暗魅。死者の魂が異形のものとなった魄奇(はくき)。これらの魔物は万年にわたり、この地を苦しめ続けている。昔はそれに加え戦争まであったのだから、今はこれでもずいぶんましなのだろう。

天下四国となり、国同士の争いがなくなり三百年が過ぎた。それだけでも天の慈悲は確かにあると思える。何かに過剰に期待をしてしまう若い頃と違って、このくらいの歳になると見えてくるものも多い。

「朱癒草を栽培できぬものか」

屍蛾の毒の特効薬にはその草しかないが、なかなか見つからない。暗魅が多いところで咲き、探そうと思えば命がけになる。何度も栽培を試みたが、失敗に終わっていた。そもそも種がないのではないかとも言われており、栽培のため無駄にするくらいなら一本でも多く薬にしたほうがまだましというのが現状なのだ。

「幾多の薬師や本草学者(ほんぞうがくしゃ)が挑みましたが、どうにもなりません。普通の植物ではないのでしょうな」

「他の暗魅は都にはめったに来ないというのに、屍蛾だけは別だ」

そのへんの差もわからない。

「屍蛾は通過しているだけですからな」

「面白いことを言うものだ。いや、そのとおりなのかもしれん。我らは魔物扱いしているが、そんなものはこちらの言い分であろう。魔物であろうとこの世に生を受けたからには生きる権利がある。害意がないものならこちらで争わぬ知恵を出さねばならぬが……」

本職の者でも答えの出ない問題を門外漢が悩んでどうにかなるものでもなかった。

「現状では少しでも多く薬を確保し、大発生が始まったら、目張りをして立て籠もるのが最善ですな。雨が降れば、外に落ちた鱗粉も毒ではなくなり流されていきますから」

「しかし、警戒していても発生はある日突然くる。これは都が発生源である央湖に近いせいもあるのではないか。だから情報が伝わる前に襲来を受ける。わらわはもっと東南に遷都すべきではないかと思う」

何度も提案しているが、そのたびに抵抗にあう。

「膨大な予算を組まなければならなくなります。そうなると利権も絡みますからな。王の権限が弱くなっている現状では難しいかと」

そんなことは百も承知だった。それでも長い目で見れば遷都に勝る策はない。

「天下四国はどこもかしこも腐れまくりか」

徐は一度滅ぼされ、燕は欲の皮の突っ張った摂政に牛耳られている。越もこのザマだ。駕は……まああれはわからん。とはいえ、屍蛾のことさえなければ越はもっとも安定しているのかもしれない。それは丞相が優れていたからだ。だが、その優秀な丞相も余命いくばくもなく隠居を決めた。

「そういう時期なのでしょうな」

「徐は飢骨が元で滅んだ。燕は砂漠化が進んでいる。そして越は屍蛾か……。玉座を争っている暇などないというのに」

とんとんと卓の上を指で叩いた。

「やはり王后陛下が事を収めるしかないのではありませんか」

王后は一の宮を推すつもりであった。真偽はともかく対外的に一の宮と呼ばれているという一点からだ。だが、二の宮の汀洲は実母も妻も軍の名門の出。一の宮を推せば軍が動きかねない。国家転覆の危機を招くやもしれないのだ。ではいっそ二の宮を――というわけにもいかない。一の宮の伯父陳学兵は王宮官吏の頂点たる王官長だ。互いに後ろ盾が大きくなりすぎ、一触即発の様相。

「わらわが下手に口を出せば徐を巻き込みかねん。せっかく再興したというのに、それどころではなかろうて」

無難にそう答えておく。こっちこそ丞相になんとかしてもらいたかったのだ。これほど長く丞相を務めたのだから、いっそ次の王を指名してくれれば良かった。年寄りは口を出さないなど、今更言われては困るというもの。

「だいたい、そなたこそ」

「苦しい胸の内を察してくだされ。この死に損ないが指名などしてそれが元で国に内乱など起きますれば、死んでも死にきれません」

そう言われてしまえばぐうの音も出ない。本来、父である王がすべきことだったのだ。両方の王子の陣営からやいのやいのせっつかれ、逃げてばかりいるうちにこんなことになってしまった。

「すまなかったな。しかし、なんの役にもたたぬまま陛下も死ぬ気なのかのう。我が夫ながらいいところがない」

「いやいやそのような——おや、誰か来たようですぞ」

廊下を走る音が複数近づいてきた。誰も入れるな、と伝えていたはずだが、何かあったのだろうか。

「大ばば様っ」

勢いよく扉が開け放たれた。廊下から小さな男の子が飛び込んでくる。

「これは里郎（りろう）、どうした」

二の宮・汀洲の息子で、六つになる。

「里郎は大ばば様にお会いしたかったのです」

元気良く現れた幼子を叱るべきか受け入れるべきか考える。王后の孫でもなんでもないが、慕われればやはり可愛いものだ。

「申し訳ございません。お止めしたのですが、すり抜けられてしまいました」

追いかけてきた侍女が泣きそうな顔で謝った。

「ああ、よいよい。菓子でも持ってきてやれ」

王位を争う王子の子だ。あまり関わるべきではないのだろうが、市井の子供のようなくったくのない潑剌さが気に入っている。可愛げのない父親とは大違いだ。

「陛下でも里郎殿下には勝てませぬか」

微笑ましいというように丞相が笑った。

「まったく。そなた面白がっておるな——よいか、里郎。わらわはそなたの祖母でも曾祖母でもないのだぞ。大ばばなどと呼ぶでない」

「大ばば様の大は偉大の大です。父上がそうおっしゃってました」

さすが二の宮・汀洲、そつのないことだ。この子が〈大ばば様〉に懐くよう仕向けているところがある。腹はたつが、里郎に罪はない。

「また徐国のお話を聞かせてください。私も獣を操ってみたい」

「そんなものは昔語りだ。今はできる者もおらんだろう」

「でも子供だった王太子殿下が無敵の英雄となって国を取り戻したんでしょ。獣を操り庚王に処刑されかかった無辜の民を救い、ついには目映い光を放ちながら龍の背に乗り、都で暴れた飢骨を真っ二つにして、王都を守ったって。そのお話、わくわくしました」

いくらなんでもそこまで壮大な話ではないのではないかと思う。子供の中で夢が広がっているようだ。

「まあ近頃では珍しい、胸のすく話ではあるが」

「そんな英雄になってみたいな」

幼子の瞳は煌めいていた。憧れが窺える。

「寿白は死ぬほど苦労したと思うぞ。そんな苦労を里郎にはさせとうないわ」

苦労は人を大きくするが、ねじ曲げもするものだ。

「陛下にそう思っていただけるとは我が子里郎は果報者ですな」

声とともに開いていた扉から男が入ってきた。

「不躾であろう、二の宮。子供のように許しはせんぞ」

現れた男は里郎の父親で、二の宮・汀洲その人であった。一の宮とも二の宮とも会う気はなかったというのに。王后は座ったまま王子を睨み付けた。渋いなかなかの色男ではあるが、冷淡にして負けず嫌いという人物でもある。

「失礼いたしました。里郎が入り込んだと聞き、迎えに参上した次第」

「ならばさっさと連れてゆけ」

二の宮と面会したと知られては今度は一の宮から痛くもない腹を探られる。

「父上、里郎はもう少し大ばば様とお話がしたい」

「里郎もこのように申しておりますゆえ。こうして私がそばにいて、不作法なことなどさせませぬ。丞相殿にもお別れのご挨拶をしたいと思っておりました」

汀洲はしたたかな笑みを見せると、椅子(いす)に腰をおろした。無邪気な我が子を利用して、正王后と丞相との面談に押しかけたのだろう。

「ありがとうございます。しかし汀洲殿下におかれましては、ご政務の時間ではありませぬかな」

丞相にチクリとやられるが、汀洲はなんのとかわす。

「今このとき、陛下と周文殿にお目にかかる以上に大事なことなどありましょうか」

汀洲は卓の上に菓子折を置いて、差し出した。

「これはほんの気持ちだけ」

頑是無(がんぜな)い息子を追ってきたはずの男が手土産(てみやげ)まで用意しているのだから、策略であることを誤魔化(ごまか)す気もないようだ。

「用意がいいのう。しかも徐国の名物とは」

この杏の砂糖菓子は王后の好物であった。調べがついているのだ。

「有能と言ってください。私は無駄なことはいたしませぬゆえ」

確かにそうなのであろうが、そこが怖いところでもある。

「そつがないのは認める」

「王にふさわしいとは思いませぬか」

本題に入ってきた。

「その話をするなら帰ってもらう」

「なにゆえ、味方になってくださらないのですか。清墨殿下には未だ姫しかいない。しかし私には里郎がおります」

「一の宮にもまだ男児が生まれる可能性は充分ある」

ともに三十三歳。男盛りだ。

「一の宮二の宮という言い方すら腹立たしい。私のほうが寸刻先に生まれているのです」

「同じことを一の宮側も申しておったぞ。ならば報告が先だったほうを長男とするしかあるまい」

同じ部屋で速さを競い合って産んだわけでもない。皆、自分に都合の良いことしか言わないものだ。

「わずかばかり報告が遅れたのは、我が母の宮が遠かったためです。これもおそらく陳学兵の陰謀でしょう」

「めったなことを申すな。聞かなかったことにしておくゆえ下がれ」

「清墨殿下のご生母は王后陛下付の侍女でいらっしゃいました。ご誕生まもない王太子様の世話もなさっていたとか……お健やかだった王太子様が何故急逝なされたか、いささか芳しくない噂があったと聞きますが、お調べにはならなかったのでしょうか」

王后は眉間に皺を寄せた。確かに王后が産んだ男児の世話を任せられていたのは、当時十五歳ほどの侍女であった。それから七年ほどしてこの侍女は、一の宮・清墨を産んだのである。一部で良くない噂がたったのは事実だ。その一部も主に二の宮側ではあったが。

一の宮二の宮どちらの生母もすでに他界している。今更、そんな疑いを引きずったところでなんになろうか。

「里郎よ、そなたは良い子だ。修練を怠るでない。父を連れていけ」

齢六つの子供にそう頼んだ。これ以上、こんな話はしたくなかった。

父と王后の会話の意味はよくわからずとも、ここにいてはいけないのだということは感じ取ったようだ。里郎はこくりと肯いた。

「父上、参りましょう」

「そうだな。これ以上はお邪魔であろう。しかし、陛下が動いてくださらぬとなればあれを担ぎ出すしか……いえいえ、これはただの独り言。失礼いたします」

二の宮親子が去っていったあと、王后は頭を抱えた。

「あれとは……あれであろうな」

丞相も吐息混じりに肯く。

「そうでございましょうな」

「あれのことはそっとしておいてやれぬものか。大切な仕事をしておる」

「しかし、いずれ一の宮様の側も同じことを考えるでしょう」

因果なことだった。次の王を正式に決めないまま、のんきに死にかけている夫がなんとも恨めしい。王にもっとも必要なのは決断力。そういう意味では汀洲は悪くないのかもしれないが……。

三

「二の宮が王后陛下と丞相閣下に面会を果たしたというではないか」

激高する男の声が響いた。

暑い夏のこと、一の宮の宮殿も窓を開け放っている。そんな大きな声を出されてはどこに聞こえないとも限らず、清墨は慌てて伯父を宥めた。

「声が大きいですよ、伯父上」

平凡な容姿の一の宮・清墨は、気配りの人でもあった。長年の気苦労のせいか、若白髪が目立つ。

「殿下が弱腰であられるから二の宮にしてやられるのです。弟に負けてどうします」

こめかみに血管を浮かせて、陳学兵が責め立てる。

「向こうはこちらを弟と思っていますから」

「言い分を認めてどうするのです。殿下は一の宮です。本来、王太子と呼ばれて然るべきものを難癖をつけられそれも叶わず……ああ、なんと悔しいことか」

二の宮は押しも強く、知恵が働く。そのうえ、見た目もなかなか良い。それに比べると、一の宮は人は好いものの一歩引いてしまうところがある。陳王宮長はそれが歯痒くてならないようだった。

双子でもないのに何故、同じ日、同じ時に生まれてしまったか。半日でもずれていれば、このようなことにはならなかっただろうに。そう思うと、清墨はやりきれなくなる。

「そういきり立たず。体に障りますよ。一度休まれたほうが」

この老人は先日も心の臓を押さえ、倒れているのだ。

「休んでなどおられようか。私が手を抜けば、二の宮に押し切られてしまうのですぞ」

「しかし、命には代えられません」

「なにをおっしゃる。命に代えても必ずや殿下を王にしてみせますぞ」

口から沫を飛ばし、言い返す。清墨の気遣いは、却って伯父の興奮を招くばかりだった。

「とにかく伯父上は政務をお果たしください。午後から会議なのではありませんか」

玉座をかけた骨肉の争いで官吏の仕事をおろそかにされては困る。というのは言い訳で、今はこの興奮している伯父を部屋の外に出したかった。隣の部屋で文字を練習している娘が怯えているだろう。

「王后陛下と会う策を考えてあとでまた来ます。殿下も少しは起死回生の策を考えておいてくだされ」

陳王宮長は鼻息荒く宮を出ていった。亡き母の兄でずっと後見を務めてくれていたためか、二の宮への敵愾心は清墨の比ではなかった。

「……帰られた？」

隣の部屋からおずおずと小さな女の子が顔をのぞかせた。

清墨の娘、景姫である。可愛らしい顔立ちは母親譲りであった。その妻も去年亡くなっている。妻を亡くしたやもめ男としては娘と静かに暮らしたいが、それも叶わない。王になれば妻妾を持たねばならなくなる。考えるだけで憂鬱だった。

しかし、ことは清墨が辞退すれば済むという問題ではなくなっている。背後の関係者が膨らみすぎて利権と利権の戦いになっているのだ。

「大おじ様はどうして怒ってばかりなの」

「私のことを心配してくださっているのだよ」

「でも、里郎様と遊ぶなと言われました」

「姫は里郎殿下がお気に入りか」

はい、と娘は頰を染めて肯いた。子供同士は仲が良いというのに、同じ日に生まれた兄弟はこのザマなのだ。娘に申し訳なくなってくる。

「もう少しの辛抱だ。また一緒に遊べるようになるよ」

どちらが玉座につくにせよ、その後は円満にやっていければよいのだが。今となっては清墨の願いはそればかりだ。

「私も陛下にふさわしいのは一の宮様だと思います」

景姫の世話係の侍女がおずおずと口を挟む。

「そうかな。汀洲殿下は武術の腕もあり、話しぶりも堂々たるもの。王の器のある方だ。私はあまり勝てる自信がないよ」

「ですが、二の宮様は裏表のあるお方です。手段を選ばず、冷たい印象もありますし。だいたい、姫様に里郎様と関わらぬようにと陳王宮長がおっしゃるのも無理はありません。里郎様を使ってこちらの事情を探ろうとしたのですから。無邪気な我が子すら利用するとは卑劣なやり口でございます」

そう言ってから侍女は片手で口を押さえた。言いすぎたと思ったのだろう。

「王たる者、裏表くらいあっていいのではないかな。しかし、このままだと伯父上がまたあれを都に戻すよう言い出すだろう。それは避けたい」

「……三の宮様のことでございますか」

三人目の王子余暉は都を離れ、薬草を採って暮らしている。本人の望むままにしてやりたいが、二の宮が味方につけてしまったら厄介なことになる、その前にこちらに迎え入れるべきだと伯父は主張しているのだ。確かに王宮を離れているとはいえ、もう一人の王子がどちらの兄につくかは大きい。

「私などよりよほどこの国のためになる仕事をしてくれているのに、どうして邪魔などできようか。王位などより私は屍蛾の襲来のほうが心配なのだよ」

「はい。またあのような大きな被害が出ましたら」

侍女は思い出したのか両手で肩を押さえた。それほど十四年前の大災厄は、越国民の脳裏に刻み込まれていた。

「関わらぬよう共存できればよいのだが」

「一の宮様は暗魅にまでお優しい」

呆れられたようだ。清墨は苦笑する。

「ほらほら、姫が退屈そうにしているよ。部屋に戻って勉強をみてやってくれ。私は少し庭を歩いてくる」

「これは失礼いたしました」

大人の話に困惑する景姫に気付き、侍女はこうべを垂れた。

「参りましょう、姫様。お勉強の続きを」

「絵が描きたい」

「はい。お勉強のあとで」

奥へ戻る侍女と景姫を見届け、清墨は外に出た。

一の宮にも二の宮にも、王になるかならないかで人生が一変する者が大勢いる。その者たちは敵を廃し自らを守りたい。どちらの陣営にも無茶をする者が現れてきたと聞く。すでに血は流されているのだ。

「……もっとも愚かな国の傾き方だ」

徐や燕どころではない。

その責めは自分にあるのだ。もっと早く、父がまだ健在なうちに引く意思を見せるべきであった。

あとはもう犠牲を少なくするため、緩やかに負けるくらいしかない。二の宮は軍部に味方が多い。こちらが負けるほうが被害が少ないだろう。やる気のない雰囲気を漂わせ、周囲を失望させゆっくりと退く。それが今一の宮にできる唯一の策であった。

夏の花が満開の美しい庭を眺めながら、一の宮は長く吐息を漏らした。あの美しい西の空を黒く染め屍蛾が迫ってくるかもしれないというときに、このようなことで頭を悩まさなければならないのだ。

「一の宮様、そこにおいでですか」

夏椿(なつつばき)の向こうから侍女頭の声がした。紅維(こうい)といい、女官吏にまで上り詰めた奥の陣の最古参だった。歳も七十を過ぎたはずだが一向に役職を退く気配がない。清墨を王にするまではと老体に鞭(むち)を打って頑張っていた。

「夏は辛(つら)いだろう。休んでいてよいのだよ」

「まこと一の宮様はお優しい。ですが、わたくしは負けるわけには参りません」

現れた老女は気丈な顔を上げた。一の宮の周りにはこういった老人が多い。

「……今日はどうした」

清墨は生来の優しさと意志の弱さで、こういった者たちを裏切ることもできずにいる。

「ご紹介したい者を連れて参りました。会っていただけないでしょうか」

すでに後ろに控えているらしい。夏椿の後ろに人影があった。常ならばこういう強引なことはしないのだが、二の宮に押され皆に余裕がなくなってきている。

「よく門番が通したものだな」

許可証がなければここには入れないのだ。

「はい、わたくしの親戚(しんせき)の者ということにしておきました」

「そこまでして急ぎ会わせたかったのか」

「さようでございます。我らにはなによりも知恵袋が必要なのですから」

どうやら知恵者を連れてきたらしい。勝つ気がない清墨にとっては厄介ではあるが、ここまで自分につくしてくれる者を無下にはできなかった。

「ならば、会うしかあるまい」

紅維は破顔して振り返った。

「お許しが出ましたぞ。こちらへ」

その言葉に従い、控えていた人物が姿を現す。

「これは……」

清墨は刮目した。思った以上に若く、見目麗しい青年だったからだ。

「清墨殿下にお目にかかれ光栄にございます」

男はうやうやしく片膝をついた。

「わたくしが二の宮の手の者たちに襲われたとき助けてくれた者にございます。屋敷まで送ってもらい話をしたのですが、この若さで驚くほど知識と洞察力を備えておりまする。必ずやお役にたてると思い、無理を言い来ていただきました」

紅維が二の宮側に襲われたと聞き、清墨は驚いた。しかし、もしかすればこの者は二の宮側からの間者である可能性もあるのではないか。恩を売り老女一人騙すなど造作もないだろう。しかもこの容姿だ。

「……さようか。紅維が無事でなによりであった」

そのくらいの疑惑を持つ程度には清墨も汚れていた。

「我が宮の者を助けてくれたこと礼を言う」

「当然のことにござりますれば」

こんな場所に連れてこられても臆する様子もない。いったい何者なのか。

「その方、名前は？」

男は顔を上げ、柔らかく微笑んでみせた。知性きらめく顔立ちは涼やかで見事に整っている。これに惚れぬ女はいないだろうと清墨でも思った。

「裏雲と申します」

底知れぬ黒い瞳に、清墨は一抹の不安を覚えた。

第二章　一つの玉座と三人の王子

一

天下三百十三年九の月。

飛牙と那兪は、燕国を出て南の徐国へと入った。

「ほんとは燕から駕国に入って、そのあとで越に行くほうが効率がいいんだよな」

思いがけぬ残暑に飛牙も愚痴が多くなる。まったく人間というものはこらえ性がない。寒暖に苦痛を感じない那兪にはそうとしか思えなかった。

「もう少し情報がほしいところだな、駕国に関しては」

那兪は眉根を寄せ、腕を組んだ。少年の姿に似合わないその様子には飛牙はもう慣れているようだが、道中妙な子供だと思われていた。

畑仕事に精を出す老人に向かって、

『無理せず、精進せよ』

と、人間らしく親切に声をかけてやったというのに、それでも面食らわれるのは納得がいかない。

「天令なら翦だってひとっ飛びじゃないのか」

確かに天の使いである那兪なら光になってどこへでも飛んでいける。

「あの国には入るなと言われている」

「翦の守護天令もいるんだろ」

「……行方不明中だ」

飛牙は目を丸くした。

「やばいな」

翦の天令は思思といい、少女の姿をしている。天令の中では那兪も話す機会は多かったが、一方的に格下扱いされていたように思う。数十年前から消息不明となり、安否が気遣われていた。そのせいかどうか、翦国に関しては天も慎重だった。

天の傘下にある四つの王国。越、燕、徐、翦からなる天下四国。それぞれが建国して三百年以上がたち、その間、国と国との戦はなかった。

それこそが天の功績であり、天令にとっても誇りである。

（たとえ堕ちてもこの地の安寧を見守る）

守れば干渉だが、見守るなら不干渉。この境目が那兪には難しい。現実に見守っただけでは助けられないのだから。

「越はまだ商用で鴐と縁がある。何か情報もあるだろう。どうした、急に越に入るのが嫌になったか」

「そりゃあんな話聞けばさ」

道中で聞いた話に、飛牙はたいそう引いていた。

『これから越に入るって？　やめたほうがいいぞ。あそこは今年の秋、屍蛾の大発生がある。死んでもしらんぞ』

それを聞いて飛牙も思い出したらしい。

「今年は十四年目の大発生なんだよな。すっかり忘れてた」

気候も治安もいい越国最大の不幸とは屍蛾という暗魅の存在だった。この暗魅はほとんどが越で発生し、群れをなして多くの被害をもたらしてきた。

「毒の鱗粉を吸わなければよかろう」

那兪は大真面目に言った。

「呼吸しなきゃ死ぬんだよ、人間は。これだから天令様は」

「ふん、そんなにか弱いのによくも大繁殖したものだな。結局暗魅よりふてぶてしいのではないか」

「逞しいと言っておけよ」

とはいえ、屍蛾とかいう自分の名前に似た暗魅にやられるわけにはいかない。そこらへんは気をつけなければならないだろう。

「おまえがそばにいれば暗魅はたいてい襲ってこないよな」

この罰当たりは天令をお守り代わりに央湖に沿うように進んでいるのだ。それが燕から越に入る最短の道だからだ。

これでも第十六代徐王だった。いろいろあって、今は弟に厄介ごとを押しつけ、気楽な旅をしている。もちろん、飛牙にも大きな目的はあるのだが、正直那兪にはそれが叶うとは思えなかった。

「天の光を恐れない暗魅もいる。屍蛾もそうだ」

「そうなのか……なんか嫌な予感がするわ」

央湖は大山脈以上に暗魅の発生しやすい場所だ。光すら奪う黒い湖面は見ているだけで不安にさせる。

「その予感は常に持っておけ。嫁を貰ったくらいで浮かれすぎだ」

どさくさ紛れに燕国王女の夫になるなどなりゆき任せにも程がある。あの姫もあの姫だ、もう少しマシな男はいくらでもいただろうに。

「浮かれてねえだろ。ま……なんか家族ができたのはちょっと嬉しかったかな」

弟ができて妻ができた。去年まで考えられなかっただろう。家族とは失うだけのものと飛牙は諦観していたに違いない。

「そのうえ悧諒が裏雲になって生きてて、今やこんなヘンテコな連れもいるわけだ。ちょっとくらい浮かれても罰当たらないだろ」

くったくなく笑われ、那兪は唇を尖らせた。

「ヘンテコだけ余計だ」

飛牙の境遇を思えば、納得できることもあった。子供の頃の輝きはなくとも、これはこれで充分なのかもしれない。

「守る者が増えるのは負担ではないのか」

「そうでもねえ。守られているよりよほど気楽だよ」

央湖沿いの山道が突然開けた。目の前に真っ黒い湖面が広がる。風に波立つことも、日差しに煌めくこともしない巨大な冥府の穴。

「ここは気が滅入る」

「天令でもか」

天令は天の部品。おのおのの感情は薄い。他の天令に訊いたことはないが、少なくとも那兪はここを見ると恐ろしい気持ちになる。

「天の廃棄場だと聞いたことがある」

飛牙が目を瞠った。

「央湖ってそのためのものなのか」

「それだけではないかもしれないが……」

中がどうなっているのかは天令も知らない。

「悪かったな、こんな道通ってしまって」

「何者であれ央湖には近寄るべきではないのだ。だから周りはこのように険しい山になっている。天の配慮だ」

「最短で行きたかったんだよ。徐に長くいると、この英雄様に気付く者も出るかもしれないだろ」

那兪は鼻で笑った。

「それこそくだらぬ心配だ。そなたなど誰が見てもうさんくさい若造にしか見えんわ」

徐国王都での譲位を間近で見た者でなければ、まず気付かれることはない。徐国王太子寿白として生を受け、血と泥にまみれながらその役割を終えたのだ。

「俺もそう思っていたけどさ、燕ではけっこう気付かれたじゃねえか。あの毒作りの男に、金庫番の有為。徐なら尚更だろ」

「その可能性がないわけではないが、央湖の周辺はもっと危険だ」

ここには近寄るべきではない。

「知ってるさ。まだ餓鬼で逃げ回っていたとき、ここを通ったからな。兵士の一人が入って……戻ってこなかった。疲れてさ、死にたかったんだよ。一人、また一人って減っていくのに誰も終わりを口にできないんだよな。馬鹿みたいだろ」

遠い目をして黒い湖を見る。

徐国を反乱軍に奪われ、逃げ続けた歳月は今でも飛牙を苛むのか。その飄々とした表情からは窺い知れない。

「……その者たちが救われていればいいな」

「入ったらどうなるんだ？」

「わからない。命が巡るのか、単なる死なのか」

ともあれ生者が近づいてよい場所ではない。

「巡るという考え方は聞いたことがある」

「そのほうが夢があるだろう。人は希望なしでは生きられないようだからな」

飛牙は不満げに眉根を寄せた。

「天令には夢はいらないのか」

夢を持ったら堕ちるのかもしれない。そう思ったが、那兪は口に出さなかった。

「まあいいや。さっさと通り過ぎるか」

「そうしろ」

互いにとって不快な眺めということで意見の一致を見た。

暗魅ですらあまり近づかない。那俞に限らず、天令もまた央湖を避けたがる。ただ鳥や獣などはそこまで恐れないらしく、今も大きな鷲が央湖の上を飛んでいた。

「ここを抜けて越に入ったら鬼宝山って山が近いんだ。ずっと野宿だったからそこの麓の村でゆっくり休もうぜ」

「関所は通らないのか」

せっかくの一級手形も持ち腐れだ。

「遠回りは面倒くさいだろ」

「またそれか。嫌な予感は放っておいていいのか。そのズルがあとあと余計に面倒なことになるかもしれんのだぞ」

「おまえも心配性だな。子供は子供らしく、のんきにしてな」

見た目が少年だからといって、子供なわけではない。すでに飛牙の数百倍の歳月を存在しているのだ。

「子供ではないっ、私は――」

「ほら行くぞ、鬼宝山越えればすぐだって」

飛牙に手を引っ張られ、二本の脚で山道を駆け下りていく。この原始的な移動手段が那俞も嫌いではなかった。

「なんだこれ、ひでえ山だな」

央湖から離れ、翌々日には鬼宝山に入ったものの、飛牙はさっそく後悔したようだ。

入った早々翼竜に襲われ、自慢の曲刀で真っ二つにしたものの、次から次と暗魅が襲いかかってくるのだから馬鹿なりに悔やむのも当然だった。

「おまえも助けろよ。何、虫になって高みの見物してるんだよ」

両手をつき、ぜえぜえ言いながら、恨めしそうに顔を上げた。

「少し離れるとこのザマだ。宿していた朱雀玉のありがたみがわかったか」

「くっそ……おまえわざと離れたろ」

蝶の形になって先の様子を見てきただけだ。秋になったばかりの山はまだまだ生命力に溢れ、幾重にも重なる濃い緑を有していた。当然道などない。

この山は思った以上に暗魅が多い。特に徐国側の斜面に多く発生しているのだ。ここから越に密入国を試みる者などめったにおるまい。暗魅に遠慮してか、虫もろくに鳴かず、ひっそりとしている。しかしたいていの暗魅はあまり里には下りない。縄張りを荒らしているのはこの男のほうだろう。
「関所破りなどするからこんなことになるのだ。まったく……そなたは元徐王という
だけでなく、現徐王の兄、燕国名跡姫(みょうせきひめ)の夫なのだぞ。捕まったらどうする。向こうに
恥をかかせる気か」
「ん……確かに」
さすがに飛牙も神妙に答えた。
「ともかく山にここまで入ってしまった以上は仕方ない。まずは麓に抜けねば」
「はい、そのとおりでございます。そばにいてね」
「ぬかせ」
こうなると暗魅のいないところを通っていくしかない。光になれば人間一人くらい
運べるが、それをしてはこの馬鹿のためにならない。
(なんとしても、これを更生させ真人間にしなければならない気がする)
世の中には何故(なぜ)か英雄と思われているが、実際は盗人(ぬすっと)で詐欺師で男娼(だんしょう)もどきで間男
で種馬なのだ。少しでも虚像に近づけておかないと、ペテンに荷担したようでこちら
が申し訳ない。
「お、花だ、見事に咲いてるな」
小さな洞穴の前で青い花が広く群生していた。

「これは朱癒草だ。これほどたくさん咲いているところは見たことがない」

「ほんとかよ、朱癒草って屍蛾の毒の特効薬だろ」

飛牙も育ちだけは良いので知識はある。

「よし、摘んでいこうぜ。一儲けできる」

「そんな暇があるか。暗魅に喰われてもいいのか」

本格的に採取にかかろうとする飛牙の手を取り、今度は那兪が率先して駆け下りる。

「だってさ、路銀は必要だろ。おまえと違って霞喰って生きてるわけじゃないんだぞ」

「私は霞など喰わん。路銀は女房から貰っただろうが、このヒモ亭主」

「おまえ、俺を蔑む言葉だけは語彙が多いな――って、わっ」

空から暗魅が二匹襲いかかってきた。虫と鳥がかけあわさったような姿をしていて、人間の子供くらいの大きさがある。耳障りな咆哮をあげ、飛牙に襲いかかってきた。

「こら、守ってくれよ。何、先に逃げてんだ、そこの天令様」

飛牙を置いて那兪は蝶の姿で去っていく。このぐらいしないと危機感を覚えないだろうという親切心だ。

自慢の逃げ足でちゃんと後をついてきているようだった。痛い目に遭っているのか、ときどき悲鳴が聞こえるが簡単に死ぬ男ではない。

──騒々しい。騒ぐと余計に気付かれるのがわからんか。

「好きで騒いでるわけじゃねえっ、くそったれ」

充分元気そうなので救済はしない。

どのくらい駆け回ったのか、日が西に傾こうとする頃、里の村に繋がる山道が見えてきた。暗魅もなんとか振り切ったようだ。

「も……もう無理」

疲れ切って動けなくなったか、飛牙は山道で仰向けになった。

「あの玉ってほんとにけっこう効果あったんだな。ちょっと惜しくなった」

少年の姿に戻ると、勝手なことを言う飛牙の傍らにしゃがみ、せいぜい呆れ顔で見下ろしてやった。

「罰当たりが。さっさと立て、日が暮れる」

もっとくどくど文句を言ってやりたいが、どうせ馬耳東風だろう。

「覚えてろよ……」

悪態も弱々しい。なんとか立ち上がると、飛牙はおぼつかない足取りで、下り坂を歩き出した。

しばらく歩いていると「助けてくれ」と、今にも死にそうな声がした。

「情けない、何をいつまでもビービー言っておる」

那兪が振り返って怒鳴りつけると、飛牙はきょとんとした顔をしていた。

「あ？」

「助けてくれと言っただろう」

「言ってねえぞ。なんか聞こえたのか」

飛牙は立ち止まって、道の両脇（りょうわき）の藪（やぶ）を見回した。

「おい、誰かいるのか」

飛牙が声をかけると、左側の斜面から草を這（は）うような音がした。

「い……いる。助けてくれ」

かすれた男の声が救いを求めてきた。

「ちょっと待ってろ」

躊躇（ためら）うことなく斜面を降りていく飛牙に、那兪はそっと溜（た）め息（いき）を漏らした。

飛牙にも聞こえなかった声を、天令の聴力が聞き取ってしまったのだ。誰であれ、本来救われるはずのない者だった。

少しして飛牙がぐったりした若者を拾ってきた。なんとか道まで引きずり上げる。

「ありが……とう。すまない」

「ほんとだぞ。俺も疲れて死にそうになってたんだからな」

若者は着物が破け、足首がずいぶんと腫(は)れている。悪戦苦闘を物語る血の滲(にじ)んだ顔は汗と土で汚れていた。

「薬草を採ろうと下まで降りていって、そこで足をくじいて……少しずつ這って上ってはきたんだが、また転がり落ちたりもして……もう動けなくなった」

「麓の村から来たのか」

「ああ」

「ちょうどいい、泊めてくれよ。俺すげえ腹減ったし、屋根のあるところで寝たい」

「もちろんだよ、是非泊まってくれ。僕は余暉(よき)」

飛牙につられるように若者も笑った。初対面だというのに相手の懐に入っていくのは天性のものがある。

「俺は飛牙で、こっちのちびっこは那兪だ。じゃ、行くか。ほら、肩につかまりな」

余暉の腕を肩に回し、腰を支えてやる。問題の多い男だが、基本人は好(よ)い。

「もしかして徐国から山を越えてきたのかい」

「おう、内緒な」

「それすごいよ。この山は暗魅も出るのに」

「たいしたことないわ。襲ってきたらサクッとな」

よくもまあ言えたものだと那俞は大いに感心した。

「那俞、おまえも支えてやれよ。日が暮れる」

ただの村人だろう。この男を助けたからといって何が変わるわけでもないはずだ。那俞は自分にそう言い聞かせ、男の体を支えてやった。

「悪いね、疲れてるだろうに」

若者は難しい顔をしている少年に気をつかったようだ。

「いや……別に」

ここまで来ても那俞は地上に干渉することが怖かった。


鬼宝山にあやかってか、宝里(ほうり)という名の村だった。

山肌にへばりつくような小さな村には二百人もいないだろう。名産は葱(ねぎ)で、都にも卸しているという。ここは王都直轄領なのだ。

「村の連中が恐れるから徐から山越えしてきたなどとは言わないほうがよかろう」

余暉の祖父という老人がそう言いながら、飯と汁物を出してくれた。見た目からして癖の強そうな老人だが、孫を助けてくれたことには大いに感謝していた。山の夜はこの季節でもかなり冷え込む。飛牙が助けなかったら死んでいたのではないか。

「薬草を採りに来たこの国の者、ということにしておけ」

「了解」

飛牙が答える。密入国を告発されれば、余暉と老人にも迷惑がかかるだろう。そこはこちらも気をつけるつもりだった。

「余暉は大丈夫か」

「なに、捻挫に打撲に疲労だ。だが、山で遭難したままだったなら……そう思うと恐ろしい。助けられたな」

偏屈そうな老人も深々と頭を下げた。昀景といい、この道一筋の薬師で、仕事熱心が高じて薬草の多い鬼宝山の麓の村に孫と住み着いたのだという。

「朱癒草はなかなか見つからないものでな。無理をしたのだろう」

「あ、これか、朱癒草って」

飛牙は懐から、潰れた数本の青い花を取りだした。

「なんと、これだ、これだ。六本？　こんなに見つけたのか」

「途中でな。まだ使えるか、これ。あんたたちにやるよ」

これには那兪も目を丸くした。昀景はもっと驚いていただろう。

「しかし、高価なものだぞ」

「薬を作ったら、必要な奴に安く売ってやりなよ」

あっさりそう言うと、飛牙は大きく体を伸ばした。

「なんと礼を言っていいか。今年は十四年目だ。いくらあっても足りないのだ。すまぬ、ではさっそく乾燥させてこよう」

気が変わらぬうちに、ということなのか、老人は花を持って急いで部屋を出ていった。

「よいのか」

「俺、ヒモ亭主だからな——それよりおまえの分、喰っておく。よこせ」

怪しまれないよう、食事をしない天令に代わって二人分食べきるつもりらしい。

「わからぬ男だな」

「臨機応変でいいだろ。俺が持っていたって薬にできねえ」

売りつけることもできたはずだ。あまり、金のある家には見えないが。

(……育ちだけはいいか)

旺盛(おうせい)な食欲を見せる飛牙に、那兪は複雑な気持ちを拭(ぬぐ)えなかった。

昔、山で怪我(けが)した少女を助けたことがある。そのあとは五十年ほど羽をもがれた。

今更ながら自分の犯している罪の重さが恐ろしい。

(堕とされても仕方ないのかもしれない)

関わるまいと思いながら関わってしまい、それが世の中を大きく変える流れを作っている。これは不干渉を貫く天から見れば反逆だ。落ち込んでは開き直って、また落ち込む。これでは未熟な人と何一つ変わらない。天令とは天の歯車。歯車に感情がいるだろうか。

天は今回叱りもしない。ただ閉め出しただけだ。

「私は一足先に都を見てくる」

そう言うと、飛牙はこちらの感情を察したように黙って肯いた。この男はいかれているが、馬鹿ではない。この期に及んで地上への干渉に戸惑う天令の、揺れる気持ちなど感じ取っているだろう。

「……気をつけてな」

その言葉を背中で聞き、那兪は窓を小さく開けて蝶の姿になり、出ていった。

二

人気のないところまで来ると蝶の姿から光となり、一気に王都堅玄へと飛んだ。

天下四国の王都はすべて城塞都市で、巨大な街を高い塀が囲む。これは、四つの王国ができたあとも王たちは手放しに安寧を信じておらず、戦への備えを強固に進めた証でもあった。国に永遠はない。それでも永遠を求めるのが王だ。

堅玄は四国の中でももっとも保守防衛に行き届いた都だった。もし、他国が攻めてくるようなことがあれば、周辺の村々の者たちも収容できるだけの備えもしていた。民を守るのが国である。その見返りに年貢を貰う——始祖王曹永道はそうした考えをもっとも大事にした王だった。

東の越国は他の国と違って異境に接していない。大山脈を越えた先は海だ。その分、この地の文化が色濃く残る。天下四国の本来の姿を凝縮したような国で、国民性もなにより伝統を大切にする保守的なところがあった。

ゆえに長男相続が王家のみならず、下々まで徹底していた。もちろん、それによる弊害も少なくなかったが、始祖王はなにより相続争いこそが集団を壊すと認識していた。少なくとも今まで越では王位継承で大きな争いになったことはない。

それがここに来て崩れていた。

なんの悪戯か、同日の同時刻に母親の違う二人の王子が誕生してしまったからだ。王としては凡庸以下であった悟富王は、どちらが王太子か結論を出さないまま死の床にある。

そのため越は今大きく二分していた。無論、庶民には関係のないことであるが、この都の厳戒態勢からしてかなり影響を被っているようだ。

どこかの村のように明かりの少ない夜の街を見下ろし、那俞は今宵どこに行くべきかを考えた。

（やはり城だろうな）

一の宮二の宮、両方の陣営を見学させてもらうとしよう。

蝶の姿で城に向かう。黒い屋根の無骨な王城は質実剛健を形にしたかのようだった。ここは徐と違い、王の女たちの住まいは後宮ではなく〈奥の陣〉と呼ばれている。これもまた越らしい。

とりあえず、その奥の陣から入った。

奥の陣は死にかけの王の女たちの宮と、二人の王子の宮があり、それぞれに庭を置いて互いに距離がある。鉢合わせすることがないようにということなのだろう。情報によれば一の宮の妻は死去しており、他に妻妾はいないという。二の宮のほうも妻は一人で、他の女はいない。とはいえ王位につけばそういうわけにもいかなくなる。

一の宮には娘が一人、二の宮には嫡男と生まれてまもない娘がいる。一の宮はもちろん二の宮も男子はまだ必要だろう。幼子というのは死にやすい。それゆえ、王には複数の妻妾が必要なのだ。

悟富王にもう一人王子がいるらしいが、そこらへんの詳細はわかっていない。

（……あれは）

高価な着物の女が小走りに夜の渡り廊下を行く。少し、涙ぐんでいるように見えた。身分のある女だろう。女のあとを侍女らしき別の女が追いかけてきた。

「お待ちください、お方様」

侍女が呼び止めるのも聞かず、女は突き進んだ。那俞は蝶の姿でそのあとをつける。なかなか面白いものが見られそうだ。

「殿下っ」

女は部屋に入った途端、泣き声を上げた。

「どうした、このような時間に。まだ産後なのだから休んでいなければ」

殿下と呼ばれたからには、くだんの王子なのだろう。いきなり女が入ってきたところをみると妻なのではないか。となるとこれは二の宮だ。部屋で一人何か書状のようなものを書いていたようだった。

「わたくしもう我慢できません」

「落ち着いて話してみなさい」

「陳(ちん)が姫の誕生祝いを贈ってきたのです。それが……それが麻の肌着なのです」

二の宮も顔をしかめた。

「麻？」

「はい、仮にも殿下のお子に粗末な麻の衣類を贈ってきたのです。絹を贈るのが常識でありましょうに。これはわたくしたちを辱めているのです」

妃はその場に身を投げ出し、よよと泣き崩れた。

「陳がそのようなあからさまなことを……一の宮の意向なのか」

二の宮は唇を噛みしめる。端整な顔立ちに深い怒りが滲んでいた。

「もう許せませぬ。わたくしたちには父がおります。あの者たちに思い知らせてやりましょうぞ」

女は唇を噛みしめ、泣き濡れた顔を上げた。

確かに王族直系の姫君の誕生に麻の召し物を贈るのは、含むところがあることを疑われても仕方がないが、これは夫に要求するにはかなり激しいことなのではないか。二の宮の妻と母親の実家は軍を支えてきた名門だ。軍を動かせと言っているに等しい。陳というのは一の宮の係累なのだろう。

（……一触即発なのか）

窓辺で留まり、那兪は考え込む。

「陳は里郎に対しても失礼極まりないのです。本当にもう……耐えられません。殿下には玉座についてあの者たちを粛清していただきとうございます」

たおやかな女の口から激烈な言葉が飛ぶ。

「めったなことを申すでない」

「殿下は里郎に対して冷とうございます。先日は王后陛下に面会するために利用しておきながら、普段は声もかけてくださらない。あの子は淋しがっておりまする。もっと抱きしめてやってくださいませ」

二の宮は困ったように眉根を寄せる。

「あれは将来王となる身だ。淋しいなど、そのような温いことを」

「清墨殿下は姫君を本当に可愛がっていらっしゃる。殿下は情が薄うございます」

妻に責められ、二の宮はふうと息を吐いた。理論派らしく、女に感情をぶつけられるのが心底苦手なのだろう。

「私は一の宮とは違う。情に流されはしない」

自らに言い聞かせるように言った。

「とにかく赤子のところに戻りなさい。取り乱せば、向こうの思う壺だ」

二の宮は妻を抱き、背中をさすって宥めてやった。心配してあとをついてきていた侍女に預ける。

「休ませてやってくれ」

「……はい」

妻が去った部屋で二の宮は長く吐息を漏らした。椅子に座り、筆をとるがすぐに置く。悩みは尽きないようだ。王位を欲しているとしても争いは起こしたくないだろう。それでなくとも、屍蛾の大災厄が訪れる年だ。

二の宮は意を決したように再び筆を握ると、巧みな筆遣いで一気に書き上げた。中身は誰かに宛てた手紙のようであった。

「いるか」

隣の部屋から低い男の声がした。

「はい、こちらに」

「これを急ぎ、三の宮の元へ」

少しだけ戸が開き、片手が差し出された。二の宮はその手に書状を載せる。戸が閉じられ、使いの男は音もなく立ち去ったようだった。ただの使いではないのだろう。

(三の宮……三人目の王子か)

おそらく二の宮としてはその弟を味方に引き入れたいのだ。争いを最小限にしたうえで玉座を求めるなら、どれだけ有力者を味方につけられるかで決まる。もう一人の王子は大きな手札だ。

夜も更けてきた。二の宮が独り言を呟く男でなければこれ以上は何も得るものはないだろうと、那兪は開いていた窓から飛び立った。

こうなると一の宮も見ておきたい。

王のための宮を挟んで向こう側に、一の宮の宮殿があるのだろう。そういう造りだ。一の宮と二の宮を対等に扱わなければならなかった苦悩が垣間見られる。

悟富王が死の床につく宮を越え反対側へとひらめいていく。一の宮のほうがこぢんまりとしているように見えるのは妻が死去しているからかもしれない。

徐の後宮は王と元服前の王子、宦官以外は男子禁制であったが、ここはそこまで厳格ではないようだ。少ないが、女の官吏もいる。王が男盛りで妻妾も多ければまた違ったのだろう。

(一雨きそうだ)

月も星もない夜は重く蓋をされたようだ。雨に降られると羽が濡れて、飛行が難しくなる。城内で光になどなれば騒ぎになるだろう。結局、晴れるまで移動が難しくなるのだ。今宵雨の気配は感じていたが、思うところが多くつい動いてしまった。

雨に備え低い飛行に切り替え、枝を飛び渡る。すぐにでも屋内に入れるようにしておいた。小さく開いた窓から明かりが見える。

(あそこか)

建物の造りからして、一の宮の住まいであろう。那兪は隙間から室内へと潜り込んだ。

「どうかご決断を」

年配の男の声がした。鳳凰が舞う衝立の向こうで会話が繰り広げられているらしい。ひょいと屏風の上に留まる。

老人と男の二人がいた。

「しかし、まだ……二年にもならぬ」

「もうじき二年でございましょう。ご正室様を亡くした殿下だからこそできることなのです。どうか、台の姫を迎えてください」

台というのは王都直轄領の隣の郡で、面積も財力も越国最大の地だ。姫というのは太府の娘か孫娘なのだろう。普通太府の子を姫などとは呼ばないが、一の宮の妻に迎えるにあたってあえて格式を上げたのかもしれない。

「その気になれぬ」

これが一の宮ということだ。兄弟でも二の宮とはまったく似ていない。少し気が弱そうに見えた。

「王族の婚儀は責務にございますぞ」

「わかっておるが……何故急にそのような」

「これもあの者の知恵にございます。私も良い考えだと思っておりまする」

「……あの者か」

一の宮はうかぬ顔で呟いた。

すべては台の太府を取り込むための策らしい。おそらく各郡の太府はどちらの宮にもついていないのだろう。すでに太府という地位があるのに、二分の一の賭けに出る必要がないからだ。

（だが、未来の王后が約束されるならどうか）

徐国では王太子を産んだ女が王后だった。越国は必ずしもそうではない。正式に王后として迎えれば、嫡男のあるなしにかかわらず王后なのだ。正王后と呼ばれ、現在の王后がそれにあたる。瑞英王后は徐国の王女であった。なんでもこの当時の徐王と越王が大変意気投合したらしい。義兄弟の杯まで交わしそうになったが、それは止められ王家同士の婚姻となった。

この国では婚姻より義兄弟の縁を結ぶほうが重いということだ。そこは武人の国の名残なのだろう。

「あの者の策により軍の一部がこちらに寝返りました。どこにでも不満の種はある。そこをつくのがうまい男です。実に切れ者ですな」

「策を受け、太府まで言いくるめたというのか」

老人は肯く。

「今まで頑なに、『太府は王だけの忠臣である』と拒み続けていた太府が、正王后の地位をちらつかせたらこのとおり。あとは殿下の正式な書状さえあれば、すぐにもこちらに取り込まれます」

「だが、地方を巻き込むべきではない。我々で決めなければならないことだ」

一の宮の言うことが正しいように思う。せっかく太府たちが思慮を見せているのに、引きずり込めば内乱となる。

「そのような綺麗事(きれいごと)をおっしゃっている場合ではないのです。向こうは軍を動かすかもしれぬのですぞ」

「二の宮がそのようなことをするとは思えぬ」

「そんなことだから、舐(な)められるのですっ」

老人は激高していた。おそらくこれが二の宮の言っていた〈陳〉なのだろう。かなりの上級官吏と見た。つまり、一の宮には文官らが付き、二の宮には武官ら軍が付いているということだろう。前に視察に来たときもそれは感じていたが、間違いないと思ってよい。

「控えよ。陛下があのようなときに婚儀の話など不謹慎であろう」

「正式な婚姻は落ち着いてからでよいのです。まずは内々にお約束を」

老人は食い下がる。

「陛下が持ち直して後継についてお話しなさるかもしれない。我々はなにより屍蛾の対策をたてるべきではないか」

「あれは天災のようなもの。対策など――」

「天災であれ、被害を最小限に食い止める努力はせねばならん。屍蛾が襲来すれば軍がどれほど必要か。郭大将軍に掛け合いたいのだ」

「郭将軍こそ、二の宮の後ろ盾ではありませんか。頼みごとなどとんでもない。会えば命も奪われましょう」

苦悩を物語るように一の宮の額に皺がよる。そのせいか、二の宮よりいくつか年上に見える。

「伯父上、今夜はお引き取りくだされ。私は休みたい」

一の宮の伯父ということは母親の兄だろう。婚姻というものはこうして縁戚の者に口を出させる要因となる。それを嫌って、徐国は王太子の母が王后という決まりになっていた。市井の娘が王后になることもざらにあり、それゆえ母方のここまでの介入はなかった。

夫を持たず、天の子を授かる——燕国はそのへんがさらに徹底していたのだ。だが、それも名跡姫に夫を迎えたことで終わりとなった。どんな慣習や制度も一長一短。使う者の心構え次第なのかもしれない。

「……急がねばなりませぬぞ。数日のうちに心をお決めください」

老人は苦虫を嚙み潰したような顔で部屋を出ていった。

指で目頭を押さえ、一の宮は力なく腰をおろした。亡妻への想いもさることながら、ここで妻を迎えることが二の宮との決定的な亀裂になるのを、恐れているように見えた。

「殿下、床の準備ができております。休まれますか」

奥から老女の声がした。

「紅維か。いいからそなたこそ休め。若くはないのだぞ」

「年寄り扱いしないでくださいませ。今こそ、殿下のお役にたちたいのです」

「……あの者はどうしている」

「わたくしの家で古い文献を読みあさっております。難解な古語なども苦もなく読みまする。驚くほど教養のある者です」

太府の孫娘との再婚をすすめてきたという男か。一の宮についたという策士だろう。

「目を離すな。私はあの者が恐ろしい」

「わたくしが連れてきた者が敵であるとお疑いですか」

老女は不安を滲ませた。

「敵……そうではない。ただあの者は誰の味方でもないような気がする」

どんな男なのか、那俞にも俄に興味が湧いてきた。元々は二の宮のほうが優勢であったものを、その策士が来てから一の宮は盛り返しているのだ。

「わたくしも奥方様をお迎えすることには賛成でございます。なんとしても男子が必要ですから」

「下がりなさい。今宵はもう床につく」

「はい……それではおやすみなさいませ」

侍女が去っていったようだ。

(これでは気が休まらないな)

少しばかり王子たちに同情してしまう。

那俞は屏風の上から飛び立ったが、外は雨だった。止むまで城内で待つしかない。墨絵のごとくに王宮は沈んでいる。渡り廊下の欄干に留まって庭の様子を眺めていた。

眠くはならない。眠いという感覚もわからない。歳月は風で、命じられた仕事をこなしていくだけだ。

天は人と人の創造物を慈しむという。なのに干渉するなという。この矛盾が長年那俞を苦しめてきた。

そんなことに想いを馳せていたからだろうか、那俞は背後に人が忍び寄っていたことに気付くのが遅れた。

「でええいっ」

奇声とともに丸めた紙束が振り下ろされた。

すんでのところでかわしたが、害虫として潰されようとしたことに理性がぷつりと切れた。血など一滴もないのに血液が脳天まで逆流するような感覚があった。怒りが光となって天に走り、そのまま雷となって地上に戻ってきた。城内のどこかに落雷させてしまったのだ。

（なんだと……！）

青白い矢になって落ちてきたその雷に、大気が揺れ、地面に衝撃が響き渡る。

「雷が落ちたぞっ」

「かなり近い」

「火は出ておらぬか」

突然のことに夜の王城は騒然となった。ばたばたと走り回る者たちから隠れるように那兪は急いで床下に留まった。

「蝶など相手にしている場合か、急ぎ被害を調べるのだ」

「申し訳ございませぬ、見慣れぬ蝶ゆえ、もしや屍蛾かと」

「屍蛾は犬並みに大きいわ。雨の日は出ない。むやみに怯(おび)えるでない。ゆくぞ」

そんな声がした。

（……屍蛾と間違われたのか）

今、この国の者が警戒するのは当然だ。そう考え、那兪は気持ちを落ち着けた。

怒りから理性を失い雷を落としたのだ。那兪にとってはそれこそが衝撃だった。六百五十年前、堕ちた天令がどうなったか那兪とて知っている。

宥韻の大災厄——六百五十年前、二百日間にわたり雷雨は止まらず、二つの国が滅んだ。自分はそんなことにはならないと思っていた。だが、たった今、その片鱗を見せた。

那兪は恐怖に震えた。天令とは一歩間違えば、地上を滅ぼす究極の魔性。何故こんな危険なものを天は堕とすのか。

「どうなのだ、被害はないか」

一の宮の声がした。

「はい。幸い、雷は庭木に落ちたようで。雨だったこともあり、燃え広がるようなことはありませんでした」

「それはよかった」

那兪は一の宮と一緒に安堵した。

「一の宮様、一の宮様」

走っているのだろう、足音が床下まで響く。

「何事だ」

「陛下がお目覚めになられました」

一の宮の驚く顔が目に浮かぶようだった。

「なんと……」

「雷に驚いてお目覚めになられたようです」

それを聞いて、那兪は冷や汗が出そうになった。もちろん、天令にそんなものは出ないが、気持ちとしてはそんなところだ。死にかけの王を目覚めさせるなど、干渉どころの話ではない。

「参ろう」

「しかし、二の宮様とも顔を合わせることになりますが」

「かまわぬ」

一の宮は王の宮へと向かったようだ。

那兪は床下から出て、そのあとを追う。今度は叩き潰されないように人の手の届かない高さを維持した。奥の陣は渡り廊下で繋がっており、雨にあたることはない。争う二人の王子と王様。それが一堂に会するところを見られるようだ。おそらく、めったにないことであろう。

第十四代越王は御年六十二歳。三十八年にわたり王位にある。

在位の長さが名君の証というなら、なかなかのものだろう。しかし悟富王の場合、丞相と妻に恵まれたというのがおおかたの意見である。

悟富王は「よきにはからえ」の人だった。それを支えてきたのが正王后と周丞相だったのだ。正王后こそが影の王というべき存在だった。

(この正王后というのが、飛牙——寿白の大叔母にあたるわけだが)

一の宮二の宮、そして正王后の三人が目覚めた王を囲んでいた。

「父上……?」

一番遅れてやってきた一の宮は唖然としていた。

寝台の上で体を起こした王が貪るように粥を食べている。寝たまま、かすかに目を開けているくらいの状態だと思っていたのだろう。

「腹が減ったっ、もっとよこせ」

王は口から米粒を吹き出しながらわめいた。

「もう少し、ゆっくりお召し上がりください。体に悪うございます」

典医らしき男が止めるが、王はうつろな目で首を振った。

「腹が減っておるのじゃ。喰わせない気か」

王は知性を喪失している。駆けつけた王子たちもすぐに察したようだ。

「父上、喉につかえまする」

二の宮が忠告した。

「誰じゃ、そなたは」

その言葉に二の宮のみならず、その場にいた者皆が瞠目した。

「陛下……この中にご存じの方はいますか」

典医は恐る恐る尋ねた。

「知らぬ。母上はどこじゃ、ばあやは。あん餅が喰いたい」

息子はもちろん、自分の后すら忘れていた。幼い言動からしても、記憶が少年期まで逆行していたのかもしれない。

やりきれないように長く息を吐くと王后は顔を上げ、二人の王子を交互に見つめた。

「その方ら、話がある。こちらへ」

王后は恰幅の良い体を揺さぶり、二人の王子を寝所の隣の部屋へ誘った。

一の宮と二の宮はちらりと顔を見合わせたが、王后には逆らえずあとに続く。

「座れ」

次期国王かもしれない二人の王子に、ぞんざいに命じた。

(さすが噂に違わぬ女傑のようだ)

十七で徐から越に嫁入りした女は今や貫禄たっぷりとなり、他の女が産んだ王子たちにふんと鼻を鳴らした。

「清墨、汀洲。その方らの親父はあのとおりだ。どうやら子供に戻ってしまったようじゃ。まあだが、メシも喰っておるし、これですぐには死なんだろう。雷様様だな」

カラカラと笑う王后にさしもの王子たちも押され気味だった。落雷を招いた那俞としては気が重い事態だ。

「生きているうちにその方らを呼んでくれたのだから、陛下も初めて何かの役にたったというものだ。使えない男でな、あれは。そんなことはどうでもよい。一人一人で会うといささか問題も出ようが、こうして二人まとめて会えないものかと思っておったのじゃ」

「王后陛下は何をおっしゃりたいのですか。単刀直入におっしゃっていただければ」

二の宮が身を乗り出す。

「言いたいことは察しておろう。とりあえず、その方ら休戦といかぬか。あの状態でも陛下がまだ多少持ちそうなのだ。ならば、まずは屍蛾の件であろうが」

「父上があのとおりであるからこそ、王后陛下に継承のこと、決めていただけないでしょうか」

二の宮は選択を促す。

「そうしたいのは山々じゃが、どちらを名指ししてもただでは済むまい。今は時間も惜しい。屍蛾のことが終わったあとでもよくないか」

一の宮は深く肯いた。

「さように存じます」

「では……そのように」

一の宮二の宮、ともに納得したようだった。王后は王子たちにとっても一目も二目も置く存在だったらしい。

「そなたたちは厄介だな。せめてどちらか出来損なってくれればよかったものを」

二人の王子が苦笑する。

「だいたいな、わらわとて本当は自分の子が玉座につくものと思っていたのだぞ。本来ならその方らの争う余地などなかったのじゃ。何が悲しくてよその女が産んだ王子のことでこんなに気苦労せねばならんのか。おかしいと思わぬか、その方ら」

王后は言いたい放題だった。溜まっていたものがあったと見える。

「わらわが茶をいれてやるゆえ、話でもしておれ。一応は兄弟なのであろう。腰巾着どもに気をつかって仲が悪いふりなどせんでよい」

王子たちにわずかに笑みが漏れた。王后の迫力に押され気味とはいえ、二人の間に少しだけ柔らかい空気が漂っていた。

「陛下の御子は確か」

今まで困った様子だった一の宮が切り出す。

「そうじゃ、わずか数日で死んでしまったわ。元気に生まれてきてくれた男児であったが、幼子とはあっけないものだ。あのときはわらわも死んでしまいたかった。なのにその方らのことでやいのやいの。面白くもない」

怒りながら、お茶の支度をする。

「まことに申し訳なく……」

「ご心配おかけしております る」

二人は揃って頭を下げた。

「そう思うなら、それぞれの腰巾着にきつく言っておけ。軍は屍蛾来襲の際の避難誘導などの計画はできておるのか。文官どもは薬の確保、病人の収容施設などどうする気なのだ。丞相も呆れておったぞ。あれももう少し指図してくれればよかったのだが、歳のせいでさすがに体が動かぬようだ。本人の言うとおり長くはあるまい。おかげでこっちは王代理で丞相代理の有り様だ。とにかく、玉座のことしか頭にないようではどちらも失格じゃ。国を滅ぼす気か」

両者ははっと背筋を伸ばす。ともに実の母親は亡くなっているので、母に叱咤された気分だったかもしれない。もっとも産みの母でも王の子にここまでは言わなかっただろう。三十も過ぎた男たちを本気で叱ってくれる希有な存在に思えた。

一の宮はおのれの不覚を恥じるようにぎゅっと両手を握りしめていた。二の宮はといえばこちらはわかりにくい。そこは大人で、ともに罵り合うようなことはない。

「申し訳ございません。よろしいでしょうか」

扉の向こうから声がかかった。

「王の目覚めを祝って歓談中じゃ。気を利かせい」

王后は追い返そうとしたが、官吏らしき男も引くに引けない理由があったようだ。

「それが……そこの渡り廊下にて一の宮様と二の宮様の侍女が言い争っておられまして」

二人の王子は驚いて振り返った。

「なんでも、麻の肌着がどうのこうのと。よくわかりませぬが、大事にならぬうちに殿下に止めていただいたほうがよろしいのではないかと」

一の宮と二の宮は同時に席を立った。

「王后陛下、お話、心に留めておきまする。まずは急ぎこれにて」

「気にかけていただき感謝しております。いずれまた」

出ていく王子たちを見送り、王后は盛大に吐息を漏らした。もう少し話しておきたかったのだろう、せっかくの和解の機会を邪魔されたのだ。

どうやら王子たちより周りの因縁のほうが深いらしい。

那俞は部屋を出た。王后は飛び立つ蝶に気付いたようだが、頭の痛い問題に気をとられ、どうとも思わなかったようだ。

雨は止んでおり、月が輝いていた。当分は降りそうにない。

（……戻るか）

天令は夜の王都へと羽ばたいた。王都を出て、そこから光になれば、夜明け前には戻れるだろう。

三

そろそろ夜も明けるだろうか。

光となり、そこらへんをぐるりと回って宝里村へと戻ってきた。光になっていると自分はまるで変わっていないように思うが、そうではないのだ。

（この地を地獄に変える大災厄をもたらす……この私が）

そんなことになるくらいなら、いっそ死にたい。だが、天令は死なない。殺すことができるとすればおそらく天だけだ。

余暉の家に入る気にならず、人の姿になって木の枝に座っていた。

「帰ったか」

木の下に飛牙がいた。またしても気付かなかったらしい。考え込むと天令の勘すら失ってしまうのが恐ろしい。

「そなたこそもう起きたのか」

「相棒がいないと落ち着かなくてさ」

「嘘つけ、いつもしっかり眠っているではないか」

「まあな。でも、眠れるようになったのは寿白を辞めてからだぞ。夢にうなされなくなったのは徐が再興してからだ。お、そこ、眺め良さそうだな。俺も登る」

器用に木に登ってきた。枝は太いが、二人も腰をかけたら折れるのではないかと少し心配になる。

「おおっと、日の出が見られそうだな」

「そんなものはしょっちゅう見ているだろう」

「どうした、何かあったか」

「王宮に入った。二人の王子も見てきた。そなたの大叔母も。悟富王は意識を戻したぞ。もっとも記憶や知能は幼子になっていたが」

那兪は見聞きしたことをかいつまんで説明した。

「へえ、王后も大変なんだな」

「あれはとんでもない女傑だ。会ってみたくないか」

「初めまして、寿白ですってか。親戚ったたって会ったこともねえのに今更だろ」

そう答えてから飛牙は横に座る那兪の首に腕を回した。

「そんなことより、おまえを不機嫌にさせる何かがあったかって俺は訊いてんだよ」

「放さぬか。別に何もない」

「天令様は嘘をつきなれてないからすぐわかるぞ」

那兪は息を吐いた。この男には話しておいたほうがいい。

「屍蛾に間違われて叩き潰されそうになった」

「そりゃ災難だったな」

「私は怒りで王宮に雷を落としてしまった。そんなつもりはなかったが、そうなった」

飛牙は日の出を見つめた。

「だから？」

「知っておるだろうが。宥韻の大災厄は二百日間、雨が止まず雷が落ち続け、宥と韻の二つの国が滅んだ。そのときは二国しかなかったのだから、地上を滅ぼしたに等しい。私はおのれの中にその片鱗を見たのだ」

争い続けた宥国と韻国は戦どころではなくなって滅びた。それからまもなく空は青く晴れ渡ったという。天の怒りとも言われたが、そんなものではなかった。那兪も覚えている。天は何もしなかっただけだ。

今思ってもわからないのだ。あの天令は堕とされるようなことをしたのだろうか。あまり面識のない天令であったが、誰よりも仕事熱心であったように思う。自ら考えることを始めた天令は天にとって邪魔なのか。

飛牙はぽりぽりとうなじを掻いた。

「天はなんとかしようと思わなかったのか。堕ちた天令が引き起こす災害なんて干渉どころの話じゃないだろ」

「天令であれ、堕ちたら地上のものということだろう」

「すげえ無責任な言い分じゃね？」

飛牙の言うこともわかる。なにしろ天令は天の一部なのだから、危険な落下物は責任持って回収するべきなのだ。那兪もそのへんが理解できない。

「だからそなたに頼みがある。私がいよいよ剣呑だと感じたら——」

「殺さねえよ。天令の殺し方なんて知らないしな」

言い終わらないうちに答えられた。

「殺すことはできずとも、封じることはある程度可能だ。あの黒翼仙が使ったような籠を用意すればいい。あの男から籠を譲り受けてもいい」

「俺におまえを永遠に閉じ込めろって？　やなこった」

言うと思った。だが、なんとしても納得してもらわなければならない。こんなことを頼めるのは飛牙しかいないのだから。

「この天下四国を護(まも)りたくないのか」

「俺が守りたいのはおまえと裏雲だけ。あ、甜湘(てんしょう)もだけど、やばい羽はついてないから大丈夫だろ」

黒翼仙と一緒にされたのは不快だが、この際それはいい。

「それでも王玉(おうぎょく)を授かった者かっ」

「だから返した。だいたい、国だの世界だの言われたらうんざりするわ。知ってるだろ、俺は英雄でもなんでもねえ。自分の国も護れず逃げ回った腰抜けだ。羽付き二人だけで間に合ってる」

「飛牙……この私が頼んでいるのだ」

銀色の髪が顔に落ちる。

「ま、心には留めておくさ。でも、そうならないようにする」

「そなたはただの人間だ。天を止める力はない」

勢いだけで徐国を取り戻し、隣国の名跡姫と結婚するような男だが、それはあくまで地上のこと。

「そうでもないだろ。おまえを手に入れた」

「妙な言い方をするな、この――」

思わず手が出そうになったとき、枝がぐらりと揺れた。たちまちみしみしと音がして、枝ごと体が落ちていく。

天令万華(てんれいばんか)に姿を変えようとしたが、ふと自分の体が包まれていることに気付いた。飛牙がとっさに抱きかかえていたのだ。そのまま地面にずんと着地する。

「な、手に入れてるだろ」

どうよ、とばかりに言う。那兪はすっぽり両腕に抱きかかえられた形になっていた。

「たわけっ」

那兪は大急ぎで飛牙の腕の中から降りた。

「余計なことをするな。私は死なないし怪我もしない」

「でも、見かけは餓鬼だから、ついな」

一人で大山脈を往復した男だけあって、少年を抱えて木から落ちてもなんともなかったようだ。それでも死ぬ人間が死なない天令を守るのは間違っている。

「すっかり夜が明けちまったな。メシ喰ったら、都に向かうか」

「巻き込まれるな」

「王位争いか。よその国だ、俺には関係ない」

「燕国のことだってそなたには関係なかった。それでも胤にされて亭主になった」

那兪には偶然と思えなかった。王都に行けば必ず王子たちに出会い、巻き込まれる。もはや確信に近い。

「あれはたまたま甜湘が城から飛び出していたからだろ」

「ここの王子も外に出るかもしれん」

「出ていたとしても会わねえよ。そんな偶然、何度もないって」

飛牙にはまったく危機感はないようだった。

「おはよう、そこにいたんだ」

声がした。くじいた足を引いて杖をついた余暉がこちらに向かって手を振っていた。愛嬌のある笑顔の若者だ。

「怪我は大丈夫か」

「おかげさまで。朝ご飯だよ、たいしたものないけどいっぱい食べて」

「ありがとな。今、行く」

余暉に応え、飛牙はにっと笑った。

「な、普通にして出会うのなんて、ああいう市井の奴だけだよ」

ならよいのだが……那兪はつくづくと思った。

第三章　王都堅玄

一

宝里村から十数日かかって、越国王都に到着した。

秋の風が吹くようになり、南国育ちの飛牙には新鮮なものがあったようだ。徐国も南異境に似て季節というより雨季と乾季の区分だった。もちろん、乏しい変化の中でも差違はあったが、ここまでではなかった。

「いい気候だよな」

確かに空の高さまで違うような気がする。さすがは天下四国の中でも四季の美しさが謳われる国である。

「いよいよ屍蛾がいつ来襲してもおかしくない季節になったということだ。そなたも気をつけろ」

那俞は釘を刺すのを忘れなかった。王玉を宿していないということは、普通の人間と同じように暗魅や魄奇にやられてしまうということだ。王玉の残り香のようなものはあるかもしれないが、毒の鱗粉を撒き散らす屍蛾にわずかでも効果があるとは思いにくい。

「なんで屍蛾は越国にばかり被害をもたらすんだ？」

「屍蛾は海を目指す。何故かは知らぬが、そういう本能があるのだ」

天下四国でもっとも海に近いのが越だった。徐には大山脈の向こうに南異境の国々があり、海はその南端だ。燕国は砂漠を経て大山脈を越えれば西異境の列強が連なる。もっとも海が遠い。駕国はよくわからないが、凍てつく大地の彼方に大山脈があり、さらに氷の世界があって凍えるような海があるのだろう。

「海ねえ、見てみたいもんなんだろうな。余暉にも散々羨ましがられた」

「南異境の海を見たのか」

「そう。船は酔うんでちょっと苦手だったが、面白いっちゃ面白いよな。こうさ、波が行ったり来たりで」

「湖だって波くらいあるだろう」

「あんなんじゃないんだよ。もっとすごいんだ。どんだけでかいんだろうな。この世界ってのはどういう形をしているんだろうな。天令は知らないのか」

異境は天の管轄ではない。よって天令といえど、天下四国から勝手に出ることはできなかった。

「そなたと話してるとこっちが世間知らずのようだ」

この点に関しては認めざるを得ない。

「ふうん。よくわかんねえけど神様の縄張りってやつかね。ほんと海見てると、いろんなことけっこう忘れられたわ」

飛牙は懐かしそうに目を細めた。重すぎる過去に押し潰されていた少年を、海はいくばくか慰めたということか。

「それなのに帰ってきたのか」

「だよな。今思うと、帰れって背中押されてた気がするわ。誰もそんなこと言うわけないんだから、当然俺の感傷なんだろうけどさ」

その話に那兪は少しばかり考え込んだ。

(天がこの男を必要としたのだとしたら……)

いやいや、それはない。かつての寿白ならともかく、飛牙という男は盗人で詐欺師で間男で種馬でヒモ亭主だ。

「伝統が守られているって感じの街並みだよな」

もっとも異境から文化が入りにくい国だ。街にも行き交う人々の装束にも、それが表れている。

「あれが王城だ」

那俞は小高い丘にそびえる黒い屋根の建築物を指さした。

「さすがに質実剛健って感じだな」

「日暮れだ、そなたは宿でも探していろ」

「また蝶々になって城に行くのか」

「いや、歩いて街を見てみたい」

歩いてみなければわからないことが、どれほどあることか。地上に堕とされ、それを痛感した。

「気をつけてな」

「人間の姿ならはたかれることもなかろう」

そう答えて、飛牙と別れた。

近頃は一人になって考えたいことが多い。飛牙の前では舐められたくない一心で虚勢を張ってしまうことも多いからだ。これもやはり、人より天令のほうが偉いという驕りなのかもしれない。

「王様が元気になられたというのは本当なのか」

店先でそんな声が聞こえてきた。

「いやあ、頭のほうがあれだって話を聞いたぞ」

「そりゃ昔からだろ」

「ちげえねえ。この国は丞相閣下と王后様で持っているようなものだったからな」

からからと笑い声が上がる。

どこの国の庶民もけっこう口が悪い。しかし、こういうことすら言えなくなるのがもっとも恐ろしいのだ。

どの国にも露店が軒を連ねる通りは活気がある。あの庚ですらまだまだ商人には元気があった。あの国の場合、南国特有の楽観的な空気がどん底まで落ちることを拒んでいたのかもしれない。

(結局、徐の滅亡と再興に干渉しなかった天は正しかった)

今なら那俞もそう思えた。人の世は人が創らねばならない。

ならば、自分はなんなのだろうか。天からは捨てられ、人になれるわけでもない。なれるものといえば……大災厄だけ。

こんな弱気は飛牙にも気付かれたくない。飛牙のことだから、何があっても見捨てないだろう。なにしろあの黒翼仙すら手放す気はないのだ。無力な人でありながら、大災厄の種と忌み人を抱え込んでどうしようというのか。

「……せっかく本当の意味で自由になっただろうに」

想いがつい声になってしまうほど、那兪は雷を招いてしまったことを引きずっていた。自分を止める手立ては自分で考えるべきなのだ。飛牙に背負わせてどうするのか。

悶々としながら人混みを歩いていた那兪は、前を横切った猫に驚いて目を見開いた。

（……みゃん！）

裏雲に仕え、飛牙を監視していたであろうあの子猫だ。

見間違いなどない。腐っても天令、個体の識別くらいはできる。さすがに暗魅だけあって未だに子猫のままだった。那兪は急いで子猫のあとを追った。

人を掻き分け、露店と露店の間に入っていく。猫はこちらに気付いていないらしく、迷いも見せず駆け抜ける。

あの猫がここにいるということは、おそらく裏雲も王都に滞在しているのだろう。見つけてどうなるものでもないが、飛牙が気にかけてやまない男だ。居場所を突き止めておきたかった。

とはいえ、相手は猫。人の姿のままでは、追いかけるのも難しい。どうやら見失ってしまったようだ。だが、こちらは体力に限界はない。もう少し探してみるつもりだった。

「ここは……？」

気がつけば、繁華街から外れた廃屋の前に立っていた。

蝶になって戻ろうとしたとき、廃屋から三人の男が現れた。いずれも面構えがよろしくない。そっとその場を離れようとした那俞だったが、男たちに取り囲まれてしまった。

人間の美醜には疎いが、自分は綺麗な少年に分類されるらしいので、狙われているということなのだろうか。髪は布で隠しているのだが、目立つところもあるのかもしれない。

ここは光で敵の目を潰し——とも思ったが、王都の中心地に近いこの場所でそれをやっていいものか考えてしまう。来たばかりで騒ぎを起こしたくない。となれば、人の姿で逃げるしかない。

「逃げるなって、遊ぼうや」

「いいとこ案内してやるからよ」

いかにも悪党らしい台詞を吐き、男たちは那俞に近づいてきた。

那俞はだっと駆け出したが、男たちが回り込む。腕力があるわけではない。乱暴されれば、この間のように我を忘れ落雷を引き起こすかもしれない。

（なによりそれが恐ろしい……）

那兪は深く息を吸い、吐いた。呼吸の必要のない体だが、落ち着こうと思えば不思議とやってしまう。

「寄るな、怪我をするぞ」

一応警告するが、鼻で笑われた。屈強な男の姿であったならこんな屈辱もなかったのだろうが、生憎と愛らしい少年だ。

そのとき向こうから若い男が駆けてきた。

「俺の弟に何しやがるっ」

飛牙が駆けつけてくれた。まずは安堵する。適当な男だが、武芸は確かだ。ならず者三人くらいなら敵ではないだろう。

那兪は急いで飛牙の背後に回った。

「気をつけろって言ったろ」

「裏雲の暗魅……みゃんを見た」

飛牙が驚いて振り返る。

「ここは任せろ。探してみてくれ」

飛牙は足下の棒っきれを拾った。こんなところで刀を抜く気はないのだ。

「やろうってのか」

男たちのほうは小刀を抜いたが、心配はいらないだろう。

那俞は飛牙を残して走った。猫の暗魅の行方を、是が非でも探っておきたかった。

蝶になり、上から俯瞰(ふかん)する。ときには人の入れないような狭い場所にも入ってみた。臭いの強い暗魅もいるが、みゃんは無臭に近いようだ。暗魅もまた人と暮らせば人に近づいていくのかもしれない。

自分はといえば、暗魅や魄奇、そして黒翼仙よりおぞましい存在になってしまった。こうなると、天へ戻れる日が来るとは思えない。できることといえば、ひたすら自制して平常心を保つことだけだ。あの不良殿下を叱咤(しった)していれば、それだけでも天令であることを忘れずに済む。

(だが、私は死なない。人である飛牙は、いずれ死ぬ)

考えるほどに怖くなる。おのれこそが誰よりも飛牙を必要としているのだ。地上において、自分には彼しかいない。

天よ、私にこの世を滅ぼせというのか——暗い空を見上げた。

夜になってもしばらく飛び回り、探してみたが結局見つからなかった。今度は仕方なく飛牙を探す。が、街のどこにも見当たらない。

夜の街はすでに猫一匹を見つけられる明かりもなかった。高い屋根の上に留まり、那俞は目を閉じ感覚を研ぎ澄ました。飛牙の気を追う。王玉を宿していた頃に比べ感じにくくなっているので集中が必要だった。

気配を感じるのは王都の北側にある獄舎だった。

あの元王様はまたしても捕まってしまったのだろうか。

（……まさか）

越の獄舎は二階建ての木造だ。徐は塔で、燕は主に地下だった。それを思えば、ここが一番囚人の人間性を大切にしているのかもしれない。

那兪は蝶のまま獄舎に侵入すると、飛牙の気配を追った。

「だから、俺はいたいけな少年に絡んでいた連中を返り討ちにしただけだって」

飛牙の声が聞こえた。

どうやら必死の釈明中らしい。あれが原因で捕まってしまったのなら、こちらにも責任がある。

「ならその少年はどうしたのだ」

「逃げろって言って、そのままだよ」

飛牙は独房にいた。檻（おり）越しに二人の衛士（えじ）から事情聴取を受けている。間男で捕まったときのように乱暴な扱いは受けていないようだ。

「ちゃんと手形も持っているだろ」

「ああ、徐と燕の一級手形だ。何故、二国から出ている？　何者だ、おぬしは」

弟と嫁の心遣いだが、手形は商用の二級のほうが疑われずに済むだろう。どう見ても二国から身元保証されるような風体ではないのだから。

「何者って言われても困るんだが。いいじゃねえか、二つも手形があったら充分だろ」

「関所を通過していれば印が押されているはずなのだ。それがないというのはどういうことだ。密入国となれば、いかに一級手形でも見逃すことはできぬ」

だから危険な山越えなどせず、遠回りでも関所を通るべきだったのだ。

「たぶん判子を押し忘れたか、懐に入れてたから汗で消えたのかも」

「我が国の印はそんな簡単に跡形もなく消えはせん。押し忘れたというなら関所の役人を処罰せねばならん」

「いや、別に処罰しなくていいって。俺が気にしてないんだから」

「そうはいかぬ。良くて解雇、最悪打ち首だろう」

飛牙は目を丸くした。仕方ないというように、がりがりと頭を搔いた。

「関所には行ってない。山を越えてきた」

関係のない者を巻き込まない。こういうところは正直者だ。

「……しばらく入っておれ。上に報告せねばならん」

苦虫を嚙み潰したような顔の衛士たちが去っていく。人気がなくなったところで、那俞は蝶のまま飛牙の肩に留まった。

飛牙はゴザが一枚敷いてある床に転がった。

——だから関所を通れとあれほど。

「うるせえよ。しかし衛士の隊列が通り掛かるとか運が悪い」

——そういう星の下に生まれていることを自覚せねばならぬ。

「もう何者でもないのになあ」

——今だって王兄殿下で、名跡姫の夫殿下であろうが。

「そりゃそうなんだけど……で、みゃんは見つかったか」

那俞は蝶のまま首を横に振った。

——見失った。

「そっか。しかし裏雲がこの街にいるってことかもな」

——また良からぬことをしておるのではないか。

「してねえよ」

——庚王を殺したのはかまわぬが、あの男は飢骨を都に呼び寄せたのだぞ。

「そういうことはもうしねえって」

——何故、わかる。

「わかるんだよ、あいつのことは」

飛牙はきっぱりと言い切った。買い被りすぎているのではないかと思わないでもないが、飛牙にとって裏雲は、那兪にとっての〈天〉のようなものかもしれない。しかし、相手は黒い翼持ちだ。寿白だった頃と同じだと考えてはならない。

「いるとなったら探さないとな」

——ここからどうやって出るつもりだ。下手をすれば死罪だぞ。そなたは街で乱闘騒ぎも起こしたわけだからな。

「おまえを助けようとしたんだろうが。しかし、まいったな。徐と燕に問い合わせなんかいこうものなら、もういつ出られるかわからん」

——一つ方法がある。

「ああ、なるほど。ピカッと光って看守の目を潰して逃げるのか」

——たわけ、内なる天の光をそんなことに使いたくはないわ。これ以上騒ぎを起こしてどうする。

「じゃ、どんな方法だよ」

飛牙は体を起こした。

——ここの王后に内密に頼むのだ。そなたの大叔母だろう。

気に入らなかったのか、飛牙は思い切り顔をしかめた。

「なんかやだ、格好わりぃ」

──メンツに拘っている場合か。これが一番怪我が浅い。

そう言われると、飛牙は不承不承肯いた。

「わかった。そっちはおまえに任せていいのか」

──面倒だが、仕方ない。

那兪は飛び立つと、獄舎の窓から夜の街へと去っていった。

青い月明かりが王都を照らし始めていた。那兪は城へと飛ぶ。

王都に着いた早々、大忙しだ。ともあれ、飛牙が捕まったことには少しだけ那兪にも責任がある。ほんの少しだけだが。

王后の宮を探す。おそらくは奥の陣の中央部にあるだろう。一人でいてくれればいいのだが、侍女か何かが同じ部屋にいるとなるといささか面倒だ。

この国の人間は蝶や蛾の類いに敏感になっている。この間のようなことがないように気をつけなければならない。

(あれか)

五角形の宮が見えた。宮を囲む庭も五角形。この国では王后に与えられる形だ。

滑るように降下し、隙間を探した。そろそろ窓を開けていてくれるとは限らない季節になった。夜なら尚更だろう。

「もうよい。そちも下がれ」

聞き覚えのある声がした。この貫禄は瑞英王后だ。

「お休みになりますか」

「歳だな。夜更かしはきかぬ。ご苦労であった」

侍女が戸を開けてくれた。

「お休みなさいませ。何かございましたらお呼びください」

侍女が一礼した隙に、那兪は室内に潜り込んだ。すぐさま棚の上に隠れる。

「……ふう」

王后はほっとしたように息をついた。なかなか一人になれる時間がないのだろう。厚みのある体で椅子にもたれかかった。目蓋を閉じ、目頭を指で押さえる。

那兪は王后の背後で人の形に変化した。その空気のかすかな流れを感じ取り、行灯の明かりが揺れる。

「失礼いたします、王后陛下」

少年の声に驚き、王后が振り返る。

「曲者か」

「どうかお静かに。私は徐国寿白殿下の従者にござりまする」

「……寿白だと？」

「はい、極秘にお話ししたきことがございます。無礼をお許しください」

王后は承知したと肯く。さすがに胆が据わっている。

「まずは座れ。よくぞ入り込めたものだな。名はなんと申す？」

「那兪と申します」

「ここの警備はそこまで笊なのか。ゆゆしきことよ」

「いえ、警備が悪いのではなく、私がすごいのです」

ぬけぬけと言うと、王后は声を上げて笑った。

「そうかそうか。そちがすごいのか。なら仕方ない」

「信じていただけて幸いです」

那兪は安堵して頭を下げた。なんとか話を聞いてもらえそうだ。

「それで寿白はこの国に来ておるのか」

「はい、今日王都に到着いたしました」

「許毘の息子だ、会いたいと思っておったわ。なにしろ徐の救国の英雄だからのう。人心を魅了する人望があり、軍神のような天下無双の快男児だと聞くがそうなのか」

王后は興味津々といった様子だ。

「あ……それはその……少々誇張があるように思えます」

少々どころではないが、助けてもらわなければならないのであまりあからさまに否定はできない。

「まあそれはそうだろうな。噂には尾ひれがつくもの。ともかく越に来てくれたというなら是非とも会いたい。で、どこにおるのじゃ、寿白は」

ここからが本題だった。説明する那俞としてもかなり恥ずかしいが、言わないわけにはいかない。

「はい……そのことなのですが」

二

鶴の一声だった。

現在、事実上の王とも言える正王后が牢から出せと言ったら、異議を唱えられる者などいない。

『その者、わらわが他国へ放った密偵である』

そういえば上官吏ですら、さすがは王后陛下とひれ伏すのだ。

かくして、飛牙は無事解放された。もちろん、条件は正王后への挨拶である。王宮に入れると何かと面倒なことになるので、王后は王都の外れにある保養地の別邸に行くよう指示した。

「王后陛下とご対面か」

古着屋でござっぱりとした着物に着替え、飛牙はちらりと離れた場所にいる数人の兵士に目をやった。途中で逃げることはできないということだ。

「ちゃんと礼をつくすのだぞ」

那俞は不機嫌に言った。捕まって牢屋(ろうや)にいると伝えたときの恥ずかしさときたら。

「わかってる。でも王族関係者とは極力関わりたくなかったからさ」

うっかり関わりすぎて結婚までしてしまった男だ。

「心配せんでも王后と結婚はできん。そなたのことも内密にしてくれるそうだ。英雄の武勇伝を楽しみにしている」

「噂が広がりすぎだな」

飛牙は盛大に溜(た)め息(いき)をついた。

「無理はない。簒奪(さんだつ)された国を取り戻すのは、隣国にとっても奇跡に等しい出来事だ」

「庚王を殺したのは裏雲だし、俺たいしたことしてないからなあ。英雄とか言われると冷や汗出るわ」

「そうだ。そなたのやったことは民を適当に誤魔化し、弟に玉座を押しつけただけだ」

「ついでに天令まで巻き込んだ、か」

「そなたごときに巻き込まれておらぬ。これは私の意志だ」

すぐさま否定する。那兪にも意地があった。

「はいはい。じゃ、行くか——兵隊さん、出発します」

髪を整えたところで、飛牙は陽気に兵士たちに手を振った。


別邸ではすでに王后が待っていた。

あの王后なら、まさに手ぐすねを引いているといったところではないだろうか。

「よく来てくれた。寿白殿下、歓迎いたしますぞ。しかし奥の陣に潜り込むとは、優れた従者を持っていらっしゃる」

飛牙の倍の厚みのある体で両手を広げた。

「いたみいります。助けていただき——」

「そんなことはどうでもよい。どれ、徐国の匂いを嗅がせてくれ」

そう言って飛牙を抱きしめ、ポンポンと背中を叩いた。

「汗臭いだけですよ」

「いやいや、徐の匂いがするわ。あの南国の雑な匂いが」

どういう匂いだよ——と飛牙は思ったようだが、それでも軽く両腕で大叔母を包み込んだ。

「お会いできて光栄です」

「わらわも会いたかったぞ。想像とは少し違ったが、予想以上にいい男じゃのう。やはり若い男はよい。周りは爺が多くて辟易しておったわ」

思う存分若い男を堪能すると、王后はようやく離れた。飛牙を見上げた瞳は潤んでいるように見える。

「よう、徐を取り戻してくれた。どんなにか苦労したのであろうな。そちや両親を助けられずにすまなかった」

王后の労いと謝罪に飛牙も感じ入るところがあったようだ。そこは祖国を同じくする身内ということだろう。

「いえ……王后陛下のお立場は理解しております。他国に軍を出すことはできませんから。ご心配をおかけしました」

こうやって礼儀正しく話しているのを見ると、かつての聡明な王太子を見ているようで那兪も胸に迫るものがあった。

「堅い話は抜きにして、いろいろと聞かせてくれ。近頃はすっきりしないネチネチした話ばかりでうんざりしておったのじゃ。唯一の友であった周丞相も先頃故郷で死んでしまった。気安く話せる者ももうおらぬ。一杯やろう、四国の酒をすべて揃えてあるぞ」

「ほんと？　いやあ、きゅっと引っかけたい気分だったんだ」

寿白からいきなり飛牙に戻ってしまった。この王后が相手ならいずれそうなるとは思っていたが……那兪は息を吐いた。

「さすが英雄殿だ。では乾杯と参ろうか」

その変化が王后にはかえって嬉しかったと見える。

酒席が始まったこともあり、那兪は一旦その場を下がり、蝶になって様子を見ていることにした。

庭の枝に留まりながら、二人の宴席を眺めていた那兪はいささか呆れていた。

どちらも酒に強いらしく、大いに盛り上がっている。徐国の話が出れば、あるあると肯き、南異境の話をすれば身を乗り出して関心を示していた。飛牙の両親には物静かな印象があったが、瑞英王后はまたずいぶんと違う。

（お互い苦労しすぎて、一周回って開き直ったというところか）

初対面とは思えないほど話が弾んでいた。

「そうか、殿下は王玉を宿したのか。それはたいしたものじゃ。入っていると、体の中でごろごろするものなのか、あれは」

「いや全然。空気と同じ。でも、魔除けにはなったみたいでさ。なんとか生きてこられたのもそのおかげだと思うわ」

「魔除けになるのか。我が国ではろくに祭事もしないから埃をかぶっておるぞ」

「そりゃもったいない。ぶっ壊してばらまけばけっこう使えるよ」

「おおっ、その手があったか。屍蛾には効くであろうか」

「どうかな。ああいう、襲う気がないのに通過したら毒の粉が落ちてるだけ、みたいな暗魅だとあんまり効かないと思うわ。だって、前の大襲来のときは城もこっぴどく被害を受けたろ」

そのあたりの話は那侖の受け売りである。

「そうか。どうしたものかな。もうじき屍蛾がやってくるというのに」

「対策は？」

「央湖付近に軍を置き、屍蛾の発生を確認したら早馬で都や周辺の村々に伝える。すぐさま家屋に籠もり室内から目張り。雨が降るまでは外に出ない。その指示を徹底。

それくらいか。それすらようやく動いたところよ。二人の王子が休戦してくれたからのう」

王后は飛牙の杯に酒を注いだ。

「ああ、王様の意識が戻ったんだっけ。良かったよなあ」

「雷に驚いてな。そんなことで目覚めるならわらわが雷を落としておけばよかったわ。まあ、もっともどのみち長くはあるまい。今のうちに面倒ごとを解決しておかないと」

天令で、今は蝶だというのに、汗を掻くような感覚があった。意識不明の国王を起こしてしまったのは間違いなく天の雷（いかずち）なのだ。

（私は堕とされても仕方がない）

つくづく天令失格だと思う。

「雷か……天の祝福かもな」

事情を知っていながら、飛牙はこんなことを言う。

「どうせ祝福するなら王などより屍蛾をなんとかしてほしいものよの」

「それがまた、天だろ、あいつら気まぐれだからさ」

「違いない」

飛牙と王后は声を合わせて笑った。天を肴（さかな）に酒を呑（の）む。まったく不敬な連中だ。

「越にも女の官吏はいるんだろ。親父から王后陛下の功績だって聞いた」

「そうじゃ。徐にも少しはいたのに越にはおらんかったので、働きかけたのだ。そのために宦官を廃止した。人道がどうこう言いくるめたが、本当のところは奥の陣で女を使いたかったのよ。宦官を廃止すれば女を使うしかあるまい。そうやって女にも少しずつ門戸を開いた。今では表向きのほうにも何人かいる。もちろん、廃止以前の宦官は今でも使っておる。一度宦官になってしまうと行き場がないからのう」

王后はずいぶんと改革したらしい。

「越は良い国じゃ。徐に比べれば秩序もある、治安もよい。おそらくそれは屍蛾という天災があるからじゃろうと思う」

「ああ、つまり、天災が多ければ人は団結して個人的な行動を自重するってことか」

王后はうむと肯く。

「そういうことだ。無論、屍蛾の災厄はなんとかせねばならぬが、決して悪いことばかりではない」

ものは考えよう。学ぶところが多かったか、飛牙は大いに感心していた。

「徐はあんなことになったし、燕は砂漠化が進んでいる。そのために内乱が起こりかけた。天下四国はちょっとやばいのかもな。どう思う?」

「確かにのう。永遠に続くものはないとはいえ、気にはなる」

「なあ、駕はどうなんだ。あの国の話は入ってこない。王様の名前もわからない始末だ」

「数年前に代替わりして若い王だと聞く。越はあの国に米などを輸出しているのでな。わずかだが情報は入る。案外天下四国でもっとも大きな病を抱えている国かもしれん」

それはまた先が思いやられる。次は駕国へ向かう予定なのだから。

「なるほどなあ。どこもしんどいわけだ。あ、でも、徐は良くなると思うぞ。亘覧は真面目な子だし、丞相は爺だが冴えてる」

「それは楽しみじゃな。しかし、そなた何故玉座につかなかった？」

「他にやらなきゃならないことがあったんだよ」

「徐国の統治よりも大事なことがあったか」

「うん、あった」

「そうか、なら仕方ないのう」

王后は実に楽しそうだった。

「そなたと話していると面白いわ。隠居した前丞相の訃報も届いて、こうやってわわは置いていかれるばかりなのだろうと、ふさぎ込んでおったところよ」

王后は杯を呷ってから笑ってみせた。

「しかしまたこうして、徐の身内と語り合える日が来ようとはな。十七で嫁いで、我が子を亡くし、毎日のように面倒な連中と丁々発止。こっちは越を少しでも潤したいと思っているのに、どいつもこいつも自分のことばかりだ。祖国が乗っ取られ一度は希望も失った。だが、今は寿白殿下と美酒を酌み交わしておる。人生捨てたものではないのう」

「……お子を亡くされたのか」

「たった六日で死んでしまった。生きていれば王位争いなど端から起きなかったのだが、これぱっかりはな」

思い出しうつむく姿に、豪快な王后の母の顔を見た。

「なに、四十年も前のことよ。湿っぽくしてしまったな。多くを亡くした殿下とは比べようもない。辛かったであろう」

「そりゃ死に場所探してばかりいた頃もあったけどさ、俺ね、これは内緒だけど最近結婚したんだ。できた嫁さんがいるし、徐には弟もいる。他に二人、大事な腐れ縁もいるから今はけっこう幸せにやってるよ」

王后は飛牙の手を取った。

「よくぞ生きていてくれた……こんな嬉しいことはない」

さすがの不良殿下も神妙だった。気がすすまないまま会ったわりには、まるで久しぶりに再会した祖母と孫のようだった。

(あんなザマをしてても、不思議と愛される男だ)

那俞は飛び立つとその場を離れた。

もう一人の大事な腐れ縁とやらを探してくるとしよう。

三

体が重かった。

背中から押し潰されるような感覚がある。黒い翼が毒を溜(た)め込(こ)み始めたのだろう。終わりが近づいているということだ。

裏雲は長椅子に横になって、窓の外を眺めていた。ここは一の宮の侍女頭、紅維(こうい)の家だった。建前上親類ということになっているので、ここに住まわせてもらっていた。紅維自身は王宮にいることのほうが多い。

彼女は大切な一の宮を国王にするために必死だ。そのひたむきな姿に自分を重ねないこともない。同時に省みることもある。一の宮本人の意志が、置いてけぼりになっているのだから。

裏雲が見る限り、一の宮自身はさほど玉座を望んでいるようには見えなかった。支援者が彼を苦しめている。客観的に見るとこういうのはよくわかるものだ。

白鴉(しろがらす)の暗魅、雪蘭(せつらん)には殿下の行方を探してもらっている。燕の城を出たらしいことまではわかっているが、それから足取りが掴(つか)めていなかった。

(越に向かったか、駕に入ったか)

駕には雪蘭でも入れない。あそこの防衛は暗魅にすら鉄壁なのだ。相当な術師がいるとみる。

天命がついているのだからめったなことはないだろうが、元王とはいえ今は王玉すら持たないただの人間だ。無理をしなければいいのだが……。

音もたてず、窓から猫が入ってきた。猫はたちどころに少女の姿に変わる。

「宇春(うしゅん)、ご苦労様」

裏雲には使役している暗魅が二体いる。一体は白鴉の雪蘭、そしてもう一体がこの子猫の宇春だった。人に化けることができる暗魅を総称して人花(じんか)と呼ぶ。以前は月帰(げっき)という蛇の人花も従えていた。

「何かわかったか」

「将軍らは屍蛾の対策しかしていない。二の宮のために軍が動く気配はない」

「それはけっこう。武人の本分に目覚めたようだな」

正気がなくとも王に意識があればまた違うものだ。二の宮側も建前上は休戦を守る気があるらしい。

軍の一部はすでに裏雲が切り崩してある。どこにでも不満の種はあるもの。そこに鼻薬を利かせれば、中立程度に持っていくことは容易い。人は中立や中道という言葉に弱い。裏切りには当たらないと勝手な解釈をするのだ。裏雲に言わせれば容易く立ち位置を変える程度の中道など、おのれを持たない日和見に過ぎない。

「天令を見た」

宇春は無表情に告げた。

「あの蝶々かい」

裏雲は体を起こした。

「人の姿だった。追いかけてきたから、悪そうな人間をけしかけて撒いておいたけど、連れてきたほうがよかったか？」

「殿下も来ているということかな。なら、いずれ会えるだろう」

口元が綻んでいた。殿下のことを思うなら忌み人などと二度と会わないほうがいいのだろうけれど、生憎そこまで達観できない。実際のところ、どうしていいのかわからない。物心もつかないうちから殿下のためだけに生きてきたのだから。

(王女の胤ではなくなったということだ)

それだけでも安堵していた。

「あら、ちび猫もいたのね」

雪蘭が窓から顔を見せた。

「おかえり、雪蘭」

「んもう、少し疲れちゃったわ」

裏雲の顔を見ると、雪蘭は満足げに微笑(ほほえ)んだ。

「あの殿下は見つからなかった。たぶん正規の街道を通らなかったのね」

「殿下はおそらくこの王都にいる。ゆっくり休んでからでいいから、王后の動きを見てくれないか」

「あのおばさんを？」

「王后は殿下の大叔母だからね。連絡を取り合うかもしれない」

殿下は単なる徐国の王子ではない。天下四国に名を轟(とどろ)かせた英雄だ。その英雄を一の宮側で押さえておく必要がある。王后を取り込むのは難しいが、寿白殿下が一の宮側に滞在していれば、少なくとも王后が二の宮側につくのを防ぐことはできるだろう。

一の宮の生母が王后の子を殺害したのではないかという風聞がかつてあったらしい。真偽はさておいても、心に一抹の疑惑はあるのではないか。となれば王后を一の宮側に引き込むのは不可能というもの。二の宮につかないでくれれば御の字だ。

「殿下は良い手駒になる」

救国の英雄。飢骨もその威光の前にひれ伏す——元々は、殿下に国を取り戻して玉座についてもらうために流した大袈裟な噂だった。結局無駄になったけれども、今度こそ役にたってもらう。

別に一の宮に特別な思いがあるわけでもなんでもないが、ついた以上は負けたくない。天の火に焼かれるまでの暇潰しにはもってこいだった。

「わかった。でも明日からね」

鴉に戻る前に雪蘭は一度振り返った。

「ねえ、人間って馬鹿みたいなことで揉めるのね。暗魅でよかったわ」

白鴉が飛び去っていくのを見送り、裏雲は同意を込めて肯いた。

「……真理だね」

もっとも何かと比較して安心するあたり、雪蘭も人間臭くなってきたのかもしれない。宇春はといえば猫に戻って欠伸をしていた。

暗魅にも縄張り争いはあるが、生死をもって解決するだけだ。根回しや謀略のようなものは理解しがたいかもしれない。人は暗魅を嫌うが、その単純な世界は美しい。なんといっても死ねば亡骸も闇に戻る。人や動物が土に還るより素早く完全な循環だ。

その闇の中心こそ央湖なのだろうと考えている。湖というより、目に見える落とし穴なのだ。疲れ切った者には優しく誘い、まだ立ち上がれる者には冷たく拒絶する。あらゆる命が還る場所なのかもしれない。

背中がひりついた。

央湖にすら拒まれる黒翼仙……その終焉をどこで迎えるのだろうか。

翌日。

「裏雲の見立てどおりよ。今、王后の別邸にあの殿下がいるわ」

雪蘭から報告が入った。

「すでに、か」

王后は徐国から輿入れし、一度も戻ったことがない。徐国を再興した若き殿下に会いたいと思うのは当然だろう。

それにしても燕に行けば早々に胤に選ばれ王宮に入り込み、越に来ればすぐさま王后と親しくなる。見事な社交性というべきか。その才を徐国の玉座で生かしてくれればよかったものを……と今でもぼやきたくなる。

（徐王として玉座についた殿下を見られたならば、永遠に焼かれ続けても悔いはなか

ったというのに）

　自分はそれだけのことをしたのだから。

「どうするの？」

「しばらくは様子見」

　一の宮は裏雲を不審に思っている。優柔不断だが勘がいい。とりあえず王位の問題が先延ばしされたことを歓迎している。だが、二の宮はどうだろうか。彼はそこまで甘くないように思う。二の宮には似た匂いを感じる。だからこそ、動いていると断言できる。

「白い鴉が何度も近づけば目立つだろう。王后のほうは宇春に任せて、屍蛾の襲来を監視してくれるか」

「あんな知性もない暗魅、放っておけばいいのに」

　雪蘭は同じ暗魅でも違うと言いたいらしい。

「私は興味があるよ。彼らは何故海を目指すのだろう。哲学なのか、循環なのか」

「裏雲の言ってることわかんない」

「それでも一緒にいてくれるんだね」

　裏雲は拳に顎を置いて、雪蘭を見つめた。

「山奥で気ままに飛んでいるのも飽きたの。裏雲の毒は甘いしね」

黒翼仙が暗魅を使役できるのはそういう理由らしい。それにしても雪蘭はよく喋る暗魅だ。彼らにもちゃんと個性がある。

「気が向いたら見ておいてあげる」

安売りはしないのよ、と言いたげに雪蘭は白鴉に戻ると飛び立っていった。

「……あの鴉は迂闊だ」

小さく呟いたのは宇春だった。

「そうなのかい」

「警戒心が足りない」

宇春がこんなふうに意見を言うのは珍しいことだった。愛想のない少女の姿だが、まるですべてを知りつくした偏屈な老女のようにも見える。

「王后の別邸を見てくる」

すっと猫になって窓枠に飛び乗ると、庭へ出る。猫は植え込みの奥へと消えた。

裏雲は紅維から預かった過去の文献に目を通していた。屍蛾の発生日、そのときの天気に、気温と湿気。毎年通過経路は微妙に違う。その原因はなんなのか。殺してまで盗んだ白翼仙の知識と自らの経験も併せて謎を解いていく。

別に越の民を助けたいわけではない。今更善人ぶれるほど厚顔ではないつもりだ。これがわかれば玉座は一の宮のもの。この遊びに勝つことになる。二の宮が裏でどんな手を使おうと黒翼仙の知略に勝てるものか。

(あとは殿下を……)

いずれこちらに来てもらうが、彼が他国の王位継承問題に首を突っ込むことはない。

翼の付け根が熱い。こんなときは掌にも師匠を殺したときの感覚が甦ってくる。刃物を握りしめ、渾身の力で胸を突き刺したのだ。こんな人殺しを信頼して眠ろうとしていた師匠を。命の恩人で、あれほど世話になった人を。

生きて笑う資格もない。

殿下に触れていいわけがない。

この黒翼仙が死なせた人間はそれだけではない。後宮でのし上がるために、庚王の評判を落とすために、どれほど殺したことか。飢骨を都に呼び寄せ多くの民を死なせた。それなのに少しも胸は痛まないのだ。この胸はからっぽだった。

そんなことを考えていたら宇春が戻ってきた。

「あの殿下はいなくなった」

猫は少女の姿に変わるとこう告げた。

「いなくなった？」

雪蘭と宇春が入れ替わった隙に出ていったということか。

「ごちそうさん、って書き置きを残していた。王后がやりよるわと苦笑いしていた」

まるで喰い逃げだ。裏雲は声を上げて笑った。

殿下には、誰よりも本当の翼があるらしい。

四

飛牙が逃げた。

こっちはあの黒翼仙の行方を探してやっているというのに、まったく気楽な奴だ。

蝶になって空を飛びながら、那兪は憤慨していた。

ともかく気を追ってみる。王玉を宿した者には天の気がある。玉もなくなった今、それもどこまで持つやら。

王都では兵と役人が手分けをして、屍蛾襲来時の対応を指導していた。生真面目な国民性もあってなかなかよくやっている。しかし富裕層はともかく、貧民街はそもそもからしてひどい家屋だ。目張りをしたところで程度がしれている。大群が王都を通過すれば万を超える民が死ぬのではないか。

（干渉してしまったが……）

王を目覚めさせたことで少しでも被害が減るなら良かったのかもしれない。

いた。川縁に座りぼんやり水面を見ている飛牙を見つけた。

——王后のところで厄介になればよかったのではないか。

飛牙の頭の上に留まり、そう言った。

「よう、裏雲は見つからなかったようだな」

——人探しには王都は広すぎる。それより何故王后のところを出た？

「二人の王子は王后を味方につけたいんだろ。なら、おそらく動きを見張ってるさ。こっちの正体でもばれようものなら王位争いに巻き込まれかねない」

——意外と考えていたのだな。

「王后はいい女だな。酒が呑めて楽しかったよ。それで充分だってことよ」

——これからどうするのだ。

「俺は地仙でも探す。秀成みたいなのがいるかもしれない。少しでも翼を引っぺがす方法に繋がればな。那兪は裏雲を頼む」

——あれと会ってどうする。

「だって会いたいし」

この男は単純だ。しかし、妻を娶ったことを知られたら、ただではすまない気がする。徐の王宮ではあっさり去ったものの、裏雲の〈殿下〉に対する執着はただごとではない。

「俺さ、屍蛾のことも王后にけっこう訊いたんだよ。ここの学者たちももちろん研究してたわけだ。でもどうしても発生日時や場所、通過経路などに法則を見つけられなかったらしいんだ。で、俺も考えた。屍蛾の立場になって」

——何かわかったのか。

「さっぱりだ。でも、こう川の流れを見てると思いつきそうな気もするんだよな」

飛牙は立ち上がった。

「宿を探して、軽くメシでも喰うか。情報収集を兼ねて」

——危険な女と関わるでないぞ。

「そりゃ難しいわ」

確かに何が危険かわかっていたら、間男で処刑されそうになることも、飯屋の女と殺し合いになることもなかった。もちろん、ぶっ飛んだ姫に見初められることも。

——要するに、さほど女慣れしているわけでもないのだな。

「いつも心は初心者なんだよ」

しれっと答え、歩き出した。

黄昏とともに色街に明かりがつき始めた。男たちが虫のように集まってくる。さほどお堅い国でもないということだ。

——屍蛾のこともあろうに、よく出歩けるものだ。十四年に一度の大襲来だ、出歩かなければよいではないか。

「そりゃ仕方ないわ。秋の間いつ来るのかわからないんだから、働かなきゃ喰っていけねえし、閉じ籠もってばかりもいられないだろ」

――冬眠だと思えばよいではないか。

「その間、田畑は荒れ果て、家畜は死に、経済は停滞する。そうなりゃ屍蛾のあとに地獄がくるだろ。死ぬときは死ぬしな」

――死にたくないと言うわりには人は開き直るものだな。

「そんなもんよ。死なない天令には理解しがたい感覚だろうけどな」

前に様子を見に来たときは色街も控え目の明かりになっていたようだが、王が回復を見せたことでそのへんの自粛も解禁になったとみえる。

「おっと、ついてくるならここからは話しかけるなよ。独り言の怪しい奴になっちまう」

盛り場は苦手だが、今回は不安なので同行することにする。

酒の匂いと明かりを目指して歩いていると、向こうから一人の女が駆け寄ってくるのが見えた。さっそく客引きだろうか。

「お待ちください、お客様」

驚いたことに女は飛牙を見定めて声をかけてきた。

「あれ、あんたは……陛下のとこの」

「はい、王后陛下の別邸で下働きをさせていただいております」

王后が人払いしていたので酒席には使用人も誰一人いなかったが、翌日確かに後片付けをしていた女がいたのを思い出す。特に印象に残る女ではなかった。

「陛下に頼まれて連れ戻しに来たのか」

女は真顔で首を横に振った。

「陛下ではございません。是非、お客様にお目にかかりたいというお方がおられまして」

「……いや、俺ちょっと急ぐんで」

飛牙も悪い予感がしたのだろう。目を動かし、逃げ道を探す。

「そうおっしゃらず。もうお迎えも参りましたので」

女がそう言うと数人の兵が姿を見せた。前後から挟まれる形になる。

「なんで衛兵って。入国の不備のこととかもう解決したんだろ」

二枚の手形には王后の印が押され、新たに越国の一級手形まで貰ってある。貴賓扱いということだ。かえって面倒なので商用の二級手形がほしいと飛牙が頼んだら、王后はそれも気前よく用意してくれた。

「いいえ、迎えの使者にございます。決して無礼など致しませぬゆえ、ご同行願います」

女はあくまで丁重だった。

「……誰だ？」

女は初めて薄く笑った。

「我が本当の主(あるじ)は、二の宮・汀洲(ていしゆう)様にございます。寿白殿下」

第四章　誘う幻影

一

「何度捕まれば気が済む？」

那兪は呆れかえっていた。

「やめろ。俺もわりと落ち込んでる」

寝台に寝転がり、飛牙は目を閉じた。行く先々で捕まるのが恒例行事になりつつあり、さすがのお気楽殿下も気が滅入っているようだった。

「殿下ってのがばれているってことは、あの女どこかに隠れて会話も聞いていたんだよな。いろいろまずいな」

酒が入って口が軽くなっていたのを思い出し、頭を抱えていた。

ここは二の宮の別邸らしい。王后も別邸を持っていた。王宮だけではよほど息が詰まるとみえる。

鉄格子付きの窓に、もちろん扉には外から鍵がかけられている。立派な部屋だが、間違っても客人ではなく虜囚だ。

「これは簡単に解放されそうにはないな。どうす――」

「しっ、誰か来る。虫に戻りな」

虫ではないと言い返しそうになったが、外側から鍵の開けられる音がして那俞は急いで蝶に姿を変え、鉄格子の上に留まった。

扉が開くと男が一人入ってきた。飛牙は顔を知らないだろうが、二の宮だ。

「徐国の寿白殿下ですね。私は越国王子、汀洲と申します。お見知りおきを」

色男なのだろうが、自信満々な態度が鼻につくところがある。

「一人で入ってきていいのか。こう見えて、俺意外と強いよ」

飛牙は立ち上がると、少しばかり好戦的な表情を見せた。

「ああ、南異境から帰ってきた強者だとか」

王后に酔って話したことが全部報告されているようだった。

「しかし、ここで越と徐の王子が代理戦争しますか？　寿白殿下はお忍びなのではありませんかな」

「監禁するのはいいのか」

「ご滞在いただくだけです。どうか、お座りください。互いに国を憂う王子同士、ゆっくり話そうではありませんか」

飛牙も相手が喰えない男だと気付いただろう。部屋の中央にある大木を輪切りにした卓に向かい合って座る。

「なんで俺がここで〈ご滞在〉しなきゃならないわけ？」

「ご存じありませんか、一の宮には切れ者の策士がついているのです。この男、なんでも徐国の者らしく」

ここで嫌な予感がしたのは那兪だけではなかっただろう。飛牙も察したようだ。

「裏雲と名乗る若い男です。聞いたことは？」

「知らねえな」

さらりと答えたが、おそらく二の宮は信じていない。

「そうですか、実は庚国の頃の親書に裏雲という宦官の署名があるものもあったのですが、偶然でしょうか」

裏雲もいちいち第三の名前を作る気にはなれなかったらしい。露見しようがどうでもいいということだろう。

「徐ではよくある名前なんだよ。五番目くらい」

また適当なことを言う。

「ともかく一の宮には徐の策士がついている。なら、私は是非とも英雄である寿白殿下がほしいと思った次第です。でないと、一の宮の策士に取り込まれかねませんから」

「俺は立場的にどっちの王子につくとかできないんだよ。わかるだろ。こんなことで外交上の諍いを作るわけにはいかないんだ」

「もっともです。ですが、今申し上げたとおり一の宮に奪われるわけには参りません。しばし、ここでご休憩を」

二の宮は立ち上がった。

「勝手なこと言ってんじゃねえよ」

飛牙もはいそうですかというわけにはいかない。

「ああ、殿下は先頃ご結婚なされたとか。お相手がどのようなご婦人かお尋ねしてもよろしいですか」

これには飛牙も顔色が変わった。

「……道中知り合った村の女だ。どうでもいいだろ」

「さようでしたか。そういえば燕国の甜湘王女が胤を廃止し、夫を持ったとか。天下四国の王族にお目出度いことが続きますな」

果たして知ったうえでのあてつけなのか、たまたま出た名前なのか。那俞も判断はできなかった。

二の宮が部屋から出ていき、鍵穴に鍵が回る音を黙って聞くしかなかった。

「……裏雲が一の宮についているのか」

飛牙は溜め息交じりに呟いた。

——切れ者がついたとは聞いていたが。しかしこれでは二の宮の言い分も理解できるというものだ。

那兪は卓の上に留まった。

「王后がどちらかにつけないのも無理もないな。嫁いで長いとはいえ祖国が徐であることに変わりはない。万が一にも巻き込みたくないよな」

——あの男は何故一の宮についたのだ。

「たぶん、なりゆきじゃないか。面白いと思ったんだろ」

——遊びで関わったというのか。

「背中に猛毒背負ってるんだよ。気が紛れるんじゃないか。でも……もっと思うところがあるかもな」

黒翼仙の思うところなど、絶対ろくなものではない。だが、飛牙はそう思わないのだろう。この二人の関係は理屈ではない。

——廊下にも外にも見張りがいる。人一人くらいなら光になって運べないこともないが、かなり目立つことになる。天令が関わっていることが二の宮に知られるだろうな。できればなるべく避けたい。極力、特定の国や人物に肩入れしていると思われたくはない。たとえ堕ちた身でも人から見れば天の一部なのだ。

その点だけは飛牙にもちゃんと理解しておいてもらいたかった。

「そりゃそうだ。俺だって光になって運ばれるとか怖いわ。那兪にそんなことはさせねえよ。とりあえず、王后陛下のところに行って、あの女が間者であることを教えておいてくれ」

——いいだろう。

窓だけは少し開けてあった。そこから出ていく。

王后は城内に戻っていた。

例の下働きの女は王后の別邸から姿を消していたという。身元を確認してから雇った使用人だけに、王后も落胆していた。

「六年も仕えてくれていたというのに、わからぬものだな」

「こんな真似をされたなら、一の宮についてもよろしいのではありませんか」

王后がさほど怒っていないことが那兪は不思議だった。

「去年は一の宮側の官吏が盗み聞きしようとしたのを捕まえておるわ。どちらも同じ。大事にしたくないから我慢しておる」

「……それはまた」

気が休まらないのも無理はない。

「だから、どちらにも味方はせん。さすれば何を探られても痛くはないからのう。わらわごとき婆が言うのもなんだが、天が地上に介入したがらない気持ちがようわかるわ」

那俞は王后の言葉に肯く。規模は違えど、天の不介入とはこういうことなのだろう。

「しかし、殿下には迷惑をかけたな。解放するよう二の宮に掛け合おう」

「いえ、それでは足下を見られます。殿下のことはお任せを」

王后は意味ありげに微笑んだ。

「まだ子供だというのにこうも我が国の警備をコケにしてくれる。そちは何者だ」

限られた者しか入れない王后の宮に易々と侵入する少年に、好奇の目を向けてくる。

「ただの従者にございます」

「そうか。それならそれでよい。殿下のことを頼む」

王后が頭を下げてきた。

「はい、陛下もお健やかに」

そう言い残し部屋を出ると、人目につかないよう庭の植え込みに隠れてから蝶になった。まだ日が高いので、行動も慎重になる。少なくともこの宮に関しては間者の入り込む余地はなさそうだった。

飛び去ろうとしたとき、王后の侍女が急ぎ足でやってきた。

「陛下、よろしいでしょうか」

「なんじゃ」

「宝里(ほうり)村にて大きな地滑りが起き、かなりの被害が出ているとのことでございます」

那俞は飛び立つのをやめた。宝里村といえば山越えのあと滞在した村だ。

「まことか……それは心配じゃな」

「はい。ご無事かどうか確認に行かせますか」

「そうしてくれ」

かしこまりました、と答えると侍女はすぐさま立ち去った。

あの村に、王后が安否を気に掛ける人物がいるということだ。余暉(よき)とその祖父の安否も気になる。

(行ってみるか)

那兪は城から離れた。

一度飛牙の元へ戻り、その旨を伝えることにした。蝶は二の宮の別邸へと入っていく。

「何をしておる」

窓の隙間から入り込み、人の形に戻った。部屋の中が散らかっている。飛牙は文献を読みあさっては別の紙に何か書き込んでいたようだ。

「おう、帰ったか。退屈だから本くれって言って持ってきてもらったんだよ。屍蛾の発生に関する資料と暦な。んで、考えてたわけだ」

「で、わかったのか」

「まだまだ。でもなんか近づいてる気がするんだよな」

「天下四国の学者が何百年かけてもわからなかったことが、そなたにわかるとは思いにくいが」

飛牙はかつては神童と謳われた王太子だ。これでも頭は良いのだろう。しかし、専門家を凌駕できるとは思えない。

「たぶん天下四国の人間じゃあわかんないんだと思うわ。特に越は異境から入る奴がほとんどいないだろ」

「どういうことだ」

「説明できるほどまとまってない。もっと遡った統計も調べないとな」

言いながら暦の台帳をめくっていた。

「これを二の宮が揃えてくれたのか」

「持っていた写本らしい。自分なりに屍蛾がどういう仕組みで移動するのか考えてたみたいだ」

「王后をあてにできない以上、屍蛾を制することが玉座に繋がるのではないか。たぶん、あの黒翼仙もそう考えていると思うぞ」

「そっか。そりゃいい。下心だの動機がなんだろうが、対策するのはいいことだろ。お互い知恵絞ってれば、なんか浮かぶかもな」

飛牙は嬉しそうだった。裏雲と共同作業でもしている気分になったのだろう。完全に王位継承の争いに巻き込まれているというのに気楽なものだ。

「私はこれから宝里村に向かう。大きな災害があったらしい」

「災害？」

飛牙が顔を上げた。

「地滑りだそうだ。あの村には王后が気に掛ける者がいるらしいな」

「あのちっこい村にか？　しかし確かに余暉たちのことも気になるな。手伝えることがあったら手伝ってやってきてくれよ」

「なんで私が。それは干――」

「天令じゃなくて、ダチだから助けると思えばいいんじゃないか。なら干渉じゃねえ」

詐欺師らしい詭弁を弄する。そんな誤魔化しで自分が騙せれば苦労はない。

「言いくるめられると思うなよ。まずは行ってくる」

窓から青い蝶が飛び立っていった。


地滑りは鬼宝山で起こり、村の三分の一の畑を飲み込んでいた。

死者は四人、怪我人は数十人に上っていた。これは小さな村にとってとんでもない天災にあたる。

余暉と祖父の昷景は無事であったが、薬草畑が土砂に埋まった。

「心配して、わざわざ来てくれたんだ。ありがとう」

余暉が疲れた顔で笑った。

「たいしたことはない。それより薬草の被害は？」

「秋に収穫する予定だったものは全滅だね……でもうちはまだいい。花南はお父さんを亡くした」

花南というのは余暉が特に親しくしている村娘だ。

「長雨が続いて危ないってのはわかっていたんだ。だから村の男たちも警戒してたんだけど、そこを土砂に飲み込まれた」

「軍の救援は来ないのか」

「屍蛾の厳戒態勢にあたっているから、すぐには難しいと言われたらしい」

また間の悪い。王后の使者はまだ到着していない。那兪だからすぐに来ることができたが、王都からだと早馬を使っても数日かかる。

「でも、二の宮様から援助をいただけることになったから……」

「二の宮？」

何故二の宮がこの村を援助するのか。

「今日にも迎えが来ると思う。僕は都に行かなきゃならない。もしよかったら、祖父ちゃんと花南を助けてほしい」

二の宮が村の援助と引き替えに余暉を手に入れる。王后が気に掛けているというのも余暉のことだったのだろう。つまり――

「そなたは三の宮なのか」

それしか考えられなかった。

「……うん」

言い当てられ余暉は驚いていたが、こっくりと肯いた。

(なんてことだ)

結局、越に入国して最初に出会ったのが王子だったということなのだ。おそらく飛牙が助けなければ余暉は死んでいただろう。那兪としてもとんでもない介入をしてしまったことになる。燕の王女といい、こうなると偶然とも思いにくい。

「でも、僕なんて王子といえるようなものでもないんだ。五歳のときからこの村で暮らしてるし、城にいたときのことなんかもうほとんど覚えてない」

「援助を受ければ二の宮につくことになるぞ。良いのか」

二の宮は抜け目のない男だ。これはあの黒翼仙といい勝負になるだろう。

「兄上たちの顔も覚えてない。だからどちらかに味方するとか考えたこともなかった。でも、村を守らなきゃ。それより、那兪はどうしてそんなに詳しいんだい？」

「二の宮のところには飛牙もいる。捕まっているといっていい」

「何故飛牙さんが？」

余暉は目を丸くした。

「それは本人から聞くといい。そら、迎えが来たようだ」

那俞の目線の向こうに数人の人影と馬が見えた。

「祖父ちゃんに別れを言ってくる」

「花南にはいいのか」

「……うん。辛くなるから」

余暉が家に入っていくのを見送った。

飛牙に余暉。これで二の宮側の形勢逆転だろうか。しかし、裏雲も黙ってはいないだろう。

三百年粛々と長男継承を続けてきた越が二人の王子による駒取り合戦を繰り広げている。そして屍蛾の大襲来。一度は滅亡した徐、砂漠化の進む燕、そして越と天下四国のうち三国が存亡すら懸けた過渡期を迎えているのだ。

まもなく余暉は少ない荷物をまとめ、馬に乗せられた。

三の宮ということまではわからなくとも、村の者も余暉が王族であることは気付いたようだった。村長のもとに支援の物資とまとまった金が預けられたからだ。

花南は気丈に涙をこらえ、いつまでも余暉を見送っていた。

天令ではなく、一人の少年として那俞は働いていた。

天の力を使わなければ、干渉には当たらない。そう自分で自分を誤魔化していた。

結局、飛牙の詭弁に従ってみることにした。

土砂を掻き分け、運ぶ。少しでも畑を取り戻す。村の者と同じように動き続けた。食事はもちろん水すら摂らない那兪を不思議に思う者ももちろんいたが、とりあえずは村の者でもない那兪が助けてくれることに感謝していた。

「だから山で適当に木の実を食べている。生まれついての体質のせいでなんでも口にするわけにはいかないのだ」

そう言って花南が持ってきてくれた握り飯を断った。

「そうなんだ……じゃ、仕方ないね」

「気をつかわなくていい」

「だって子供なのにずっと働いてくれてるもの。汗一つかかないね」

体力に限界がないので、ついついやりすぎてしまう。今度から疲れたふりや汗を拭う仕草くらいはしておこうと思った。

「た……体質だ」

「ふうん。まあ、いいか。余暉はもう都に着いたのかな。未だに王族とか信じられない。だって子供のときから一緒だったんだよ」

「事情があったのだろう」

「あーあ、遠くなっちゃったな。もう会えないのかな」

父を亡くし、幼なじみまで失ったのだ。花南も無理をして働いているが、応えるものがあるだろう。濡れかけた目元を指で拭った。

「王位の問題が解決すれば戻れるのではないか」

「そうかな。ならいいんだけど。それまでにちゃんと村を直しておかないとね。よっし、頑張るぞ」

花南は腕まくりをすると土砂に埋まった畑のほうに戻っていった。人のもろさと逞しさは嫌いではない。

王位の問題が解決すれば……そう言ったもののそれは二の宮が勝ったときの話だ。一の宮が玉座につけば二の宮側についた者は粛清されるのではないか。飛牙は徐の王兄であるから簡単に殺しはしないだろうが、余暉に関してはわからない。彼は王位継承権を持っている。放っておけば脅威になると考えるのではないか。

一の宮は温厚な人柄にも思えたが、周りはそうでもないようだった。

(いっそ二の宮が王位につくようこちらも動けばいいのか)

しかし、那兪がそれをやるわけにはいかない。越には越の担当天令がいる。

「すまんなあ、おまえさんには関係ないことなのに」

背後から声をかけられた。余暉の祖父、昙景だ。

「大儀ない。ご老体は屍蛾の特効薬作りに精進していればいい」

「ほっほ、面白い小僧だ」

きっと子供らしくないたいそうな話し方なのだろう。老人は楽しそうだった。

「私のことは詮索してはならない。今はただの助っ人だ」

那侖は子供には大きい鍬を摑むと再び作業に戻った。どういうわけか単純な力仕事が楽しい。汗をかいてみたいと思った。

十歳以上の子供は土砂を掻き分ける仕事をしている。それ以下の子は子守だ。皆、できることを懸命にしていた。

「駄目だって、待って」
二、三歳の子が走り回っていた。それを子守の子が追いかけている。じっとしていない年頃の子供を預けられ、苦労しているようだった。
幼児が壊れかけた家屋の裏に回った。その途端、家が大きく傾く。

「いかんっ」

気付いた大人が叫んだ。

人では助けられない。那侖は光になっていた。家屋が崩れ落ちるより一瞬早く幼子を抱くと人に戻って転がり出た。

幼子に破片が当たらないよう覆い隠すように地べたに伏せた。背後で凄まじい音がして、地面が揺れた。

土埃(つちぼこり)が上がり、村人たちは息を呑(の)んだ。

「助かったのか、良かった」

村人たちが一斉に駆け寄ってきた。

「ありがとうございます、ありがとうございます」

母親らしき女が子供を抱きしめ、那兪に泣きながら礼を言う。

「いや……無事ならそれでよい」

那兪は立ち上がった。天の力で助けてしまった。こうしてきっと天は遠くなる。顔を片手で覆いながらふらふらと歩き出す。

「おまえさんは……いったい」

呟景が啞然(あぜん)として問いかけてきた。どうやらこの老人だけは一部始終を見ていたらしい。誤魔化せそうにない。

「忘れてくれ」

それしか言えなかった。

「……承知した」

老人は震える声で答えてから、吐息とともに天を仰いだ。

「わしゃ、少しだけ信心深くなったかもしれん」

二

「二の宮に捕まった？」

裏雲は驚いて振り返った。宇春は黙って肯く。

「王后のところから逃げて、今度は二の宮か。どこまで脇があまいのやら」

額を重ねた両手に載せ、息を吐いた。

「あの殿下はなにか昔の本をたくさん読んだり、図のようなものを描いたりしていた」

大いに納得する。あれのことだから、急いで逃げる気もないのだろう。当面問題なのは王位継承より屍蛾のことだ。二の宮のところには多くの資料があるという。

今でこそあのとおりだが、幼い頃は自分から調べて学んでいた。わからないことは人にも訊いたが、それを鵜呑みにはせず、まずは自分で動いて経験し、確かめることに努めた子供だった。

（一緒に城からこっそり抜け出して街を見て回ったこともあった）

遠い昔のことなのか、つい最近のことなのか、判断がしにくい。あの頃はこんな未来が待っているとは思いもしなかったが。

裏雲は立ち上がり、窓を開けた。暗い夜を青く染めるほどの満月が皓々(こうこう)と輝いていた。

「留守番を頼む」

宇春に言うと、窓枠に足をかけた。

「会いに行くのか」

「そう」

裏雲は窓から飛んだ。

すぐさま黒い翼が広がり、夜空へと上昇する。このままどこまでも行ってみたいものだが、この翼には限界がある。天下四国からは出ることができない。翼が元々天からの授かり物だからなのだろう。それは師匠を殺してまで奪い取った翼でも同じだ。

郊外にある二の宮の別邸まで、街を見下ろしながら空を飛ぶ。見られたところで影でしかない。翼の色まではわからないのだから、白翼仙(はくよくせん)だと思われるだけだ。

目的の屋敷まで来ると、裏雲がゆっくりと庭に降り立つ。外に一人見張りがいたが、うとうとと居眠りをしている。もっと深く眠ってもらうよう、指を額に押しつけた。その途端、見張りは地べたに倒れ込んだ。

「鉄格子のある部屋か」

そういうのは裏側だろうと庭を回った。

それらしき窓を見つける。女に夜這いするわけでもないというのに、少し胸が高鳴った。内側に開く窓の扉をこんと叩いた。

「帰ったか、那兪」

漏れた明かりに浮かび上がったのは紛れもなく殿下——飛牙と名を変えた男だった。目の前の男を見てあっけにとられている。

「可愛らしい天令でなくてすまないな」

「いや……翼の色男も悪くない」

飛牙は鉄格子を握りしめて、嬉しそうに顔を近づけた。

「会いに来てくれたんだ」

「二の宮に捕まった間抜け面を見てやろうかと思ってな」

「宿代はかからないだろ」

まったく応えていないようだった。こういうところはお坊ちゃまというか。

「それなりに丁重に扱っているのだろうな。殿下に何かあれば外交問題だ。もっとも監禁しているのだから、これでも充分に問題だと思うが」

「俺も密入国しちゃったから、そこは強く言えないな」

「それで王后に招待されたか」

思い切り呆れた顔をしてやったが、気にしている様子はない。

「いやあ、徐の話でけっこう盛り上がって。それより悧諒はなんで一の宮についているんだ？」

「悧諒は死んだ。もう二度とその名で呼ぶな。一の宮についたのは……行きがかり上だ」

やっぱり、と言われてしまった。

「なら、俺とあんまり変わらないぞ」

「まったく違う」

子供の頃から意外と、ああ言えばこう言う性格だったなと思い出す。鉄格子越しに何を話しているのやら。

「見張りは少ないようだ。倒してここを出るぞ」

「あ、まだいい。二の宮に頼んである資料もあるからさ」

「屍蛾を退治できる方法でも探しているのか」

「退治は無理。移動日程を突き止めようと思ってる」

思ったより現実的な線を考えているようだ。屍蛾の襲来はほぼ秋だが、三ヵ月の幅がある。この期間ずっと隠れているわけにはいかない。別の意味で死活問題だ。

「いつ襲来するかわかれば徹底避難しやすいだろ。しかし、屍蛾の毒ってのは人間にしか効かないんだな。やっぱりそのへんは暗魅だよな。なんでって思うけどとりあえず家畜の退避を考慮しなくて済むのはありがたいな」

「私や天令にも効かないだろうな」

「いいな、それ」

それだけ人間離れしてしまったということだが、どうでもいいらしい。

「賭けようか、一の宮を王にできたら私の勝ち」

「何を賭けるんだよ」

すぐに一つ思いついたが、言わないでおいた。

「ま、考えておこう。ところで、燕の王宮では種馬として活躍していたそうだな」

「胤はもうやめた」

「それは賢明だな。あそこは胤をすべて殺していたはずだ」

「それももう廃止されたんだ。俺が甜湘の亭主になったから」

寒くもないのに裏雲は凍りついていた。今、この種馬殿下はなんと言った？

「……もう一回言え」

「甜湘と夫婦になった」

清々しいほど、きっぱりと答える。

「……甜湘というのは燕の名跡姫だな。どういうことだ」

「いろいろ事情があって、話せば長くなるんだが、いいか？」

細かいことはどうでもいい。大事なのは――

「惚れているのか」

「あ？　うん。可愛くて強くて、すげえいい女だよ」

裏雲は思いあまって胸ぐらを摑んでいた。

「徐の玉座を蹴って、燕の名跡姫の夫の座についただと」

「そのへんはなりゆきというか」

「私に断りもなく、王女をコマシていたのか」

「え、断らなきゃ駄目だったのか」

殺すには鉄格子が邪魔だった。

「それよりあとどのくらい保つ？」

飛牙は包み込むように裏雲の手を摑んだ。

「……何がだ」

「翼だよ。十年だって聞いている。残っている正確な時間を教えてくれ」

柄にもなく動揺が走る。忌み人の運命、そんなことを誰かと話すなど御免だった。

まして殿下に話すなど。

「知ってどうする」

「悧諒は死んだ。ああ、そのとおりだ。俺が殺したんだよ。だから裏雲だけは死なせられない。なんとし――」

「黙れっ」

敵陣であることも忘れ、裏雲は叫んでいた。飛牙の手をふりほどく。爪が当たったのか、飛牙の親指から血が滲んできた。

「声がでかいって。いいから教えてくれよ」

「私を助けるだと、ふざけたことを。焼かれる覚悟などできている。そのうえで師と仰いだ人を殺したのだ」

「だったら……俺にも背負わせろよ」

鼻がくっつきそうなほど顔を近づけていた。あの頃と変わらない真摯な瞳に見つめられ、気持ちが揺れる。死にたくないと思ってしまう。

飛牙の後ろで戸がガタガタと音をたてた。どうやら見張りが駆けつけてきたらしい。

「行けっ」

飛牙は手を離すと窓を閉めた。

もはや退散するしかない。空高く舞い上がり、月光を背景に影絵となる。未だ痛む胸があると知った夜だった。

越でもっとも高い建造物が狼煙の監視塔であった。

央湖付近に駐留している兵が屍蛾など敵を発見次第、狼煙を上げて知らせるのだ。王都に届かせるにはさらに途中で二つ狼煙を上げなければならない。

屍蛾はそのときによって速度が違う。十四年前は、狼煙が間に合わない速さで王都に到達し、多くの犠牲者を出した。激しく羽を震わせ、鱗粉を砂嵐のように降らせ、わずか半刻で都を通り過ぎたという。月を覆い、夜空をどす黒く染め上げて襲来してきたその光景を、多くの者がこの世の終わりと嘆いた。

(果たして今回は狼煙が間に合うのやら)

監視塔のてっぺんに腰をかけ、裏雲は星月夜を眺めていた。

監視兵は西を見ている。誰も監視塔の屋根など見ない。この国でもっとも眺めの良い一等地だった。

裏雲だけは死なせられない――馬鹿なことを言う。

助かる術などない。助かる資格もない。殿下の御為に、と思い生き恥を晒してきたが、その殿下には今や天令も妻もいる。忌み人がそばにいて良いことなどあろうか。

家族、友人、国……殿下は殿下のやり方でなくしたものを取り戻している。

(私とはまったく違うやり方で)

背中が痛む。

『この男か』

ふと嗄(しわが)れた声がした。

振り向くと、北側の空に白髪の老人が浮いていた。黒一色ではあるが身分の高さを窺(うかが)わせる装束を身につけていた。老いているとはいえ、その眼光だけは鋭く、射殺さんばかりにこちらを見つめていた。

(幻か……しかし)

うっすら向こうが透けて見えるところからも、人の本体ではない。死者の霊というわけでもなさそうだった。なにより気になったのは、着物の胸元から蛇が覗(のぞ)いていることだ。

「……月帰(げっき)」

蛇の暗魅だ。おぞましい毒で庚王を長く苦しめ殺してくれた、愛(いと)おしい〈女〉だった。

「私を袖(そで)にして乗り換えたというのはその男か」

蛇が笑ったように見えた。そういうことらしい。

「優れた術師とお見受けしますが、私に何か御用ですか」

殿下ほどではないが育ちはいいので、とりあえず老人には敬意を表する。

『なに、品定めじゃよ』

「色男の品評会ですか」

『そんなところだ。いずれ会おうぞ、黒き翼よ』

老人の幻影は月明かりに散った。

突然現れた幻に裏雲は考え込む。あの着物の作りは駕国のものではなかろうか。駕は黒い翼をもってしても侵入が難しい国だ。見えない障壁のようなものがあり、突破が難しい。むしろ一度入ってしまえば出るほうが難しかった。だからこそ、裏雲もあの国は避けている。

裏雲が訪れたのは春だというのに凍えるほど冷たく、人々は笑いを忘れたかのように見えた。

(少なくともまた行きたくなるほど楽しい国ではない)

だが、あの老人はいずれ会おうと言った。そういうことになるのだろうか。

自らの幻影を他国まで送れるとしたら、これはまたとんでもない術師だ。そんなことは裏雲にもできない。

あの老人の正体に関しては、予想できることもある。正体の先にさらに正体があるような人物だろう。

「……駕国か」

始祖王丁海鳴は天下随一の術師であった。雲を呼び雨を降らせて味方の軍勢に勝利をもたらしたという。忠実にその流れを汲むなら、王族もまた力のある術師なのだろう。呪術は身近にあるのかもしれない。国境の障壁はそういうことだ。

過去一度駕国に侵入したのは、黒い翼をも消す呪術を求めてのこと。まだ宇春や月帰を手に入れておらず、確実に庚王を殺すための時間がほしかった。しかし、殿下を徐の玉座につかせるという夢が消えた今、そこまでして生きたいとも思わなかった。

(それなのに、あの詐欺師で間男で種馬の殿下は、まだ私を惑わそうとする)

裏雲は翼を広げると空に舞い上がった。

不思議と満月に吸い込まれるような気がする。誘われたかったのかもしれない。

三

宝里村は二の宮からの援助もあり、復興のめどがたってきた。

那兪は王都に戻るため、光となって飛んでいた。満月が地上をあまねく照らしている。

呟景に光になった姿を見られた。あの老人なら他言はしないだろうが、もはや村にはいられない。

地の徳は天の罪。そういうことなのだろうか。あの子供は村で一生を終えるだろう。その生死が世の中に大きな影響を与えるわけではない。そうは思うが、これは言い訳だ。

(何度こんなことをしてしまうのか)

ここは越国。他の天令の管轄でもある。

開き直れないのはこの世を滅ぼす怪物の未来が見えるから。飛牙が死んでもこの身はなくならない。最悪自ら死ねばいい、という方法がある人が羨ましい。期限がくれば焼かれて消えてしまう黒翼仙すら羨望の的だった。

飛牙に見つけてほしいのは天令を殺す方法だ。あの男は絶対に拒否するだろう。ならばいずれ自分で見つけるしかない。

(だが、今は……)

この地上で帰るところはあの男の傍らしかないのだ。

光から蝶になり、二の宮の別邸に戻ると、深夜だというのに警備の者の数が多かった。何かあったのだろうかと慎重に庭を飛ぶ。

窓がほんの少しだけ開いていた。明かりも漏れているので起きているのだろう。気をつかいながら、室内に入った。

「教えていただけませんかな」

二の宮がいた。卓を挟み、飛牙と向き合っている。那兪はすぐに棚の陰に身を潜めた。

「そう言われても知らねえし」

飛牙が面倒くさそうに答えた。

行灯の明かりに照らされた二人の男の様子をじっと窺う。この屋敷で何かが起きてそれに対し質問されているようだ。

「見張りの者が言うには翼の男が飛び去ったと……これは翼仙ということでしょう」

飛牙の目が泳ぐ。どうやら裏雲がここにやってきたらしい。

「翼仙か、そりゃ見てみたかったな」

「翼仙はめったに人里には下りてこないものです。それが殿下を助けに来たとはどういうことでしょうか」

「知るか」

「侵入者は殿下を助け出そうとやってきた、そのことは認めるわけですね」

二の宮は淡々と追い詰めてくる。

「そうかもな。でも断った」

「なにゆえ？」

「ここにはいい蔵書があるだろ。俺は逃げる気になればいつでも逃げられる」

腕を組んで飛牙がふんぞり返る。二の宮相手に譲る気はないらしい。

「なるほど、さすが部隊が全滅しても、庚軍から逃げおおせただけのことはありますな」

飛牙の顔色が変わった。

「趙将軍と自らの身代わりとなる少年の首を用意してまで生きながらえたお方は、生命力が違うということでしょうか」

もっとも言ってはならないことだった。飛牙は立ち上がると、冷ややかな顔を二の宮に近づけた。

「一の宮なら、そんなことは言わねえのか」

「思っても言わないでしょう」

二の宮はあっさりと認める。

「なら一の宮のほうがマシなようだな」

「そう思われるなら、ますますここにいてもらわなければなりませんな。向こうに奪われるわけにはいかない」

二の宮も席をたった。

「お気に障ったのなら申し訳ない。私はあれほどの凶事から、何を犠牲にしても生き残ったあなたを崇拝しているくらいですよ。その強さがほしいものです」

二の宮は部屋を出ていった。外側から鍵のかかる音がする。

「……くそったれ」

飛牙は唇を嚙みしめると寝台に倒れ込んだ。

——言わせておけ。

蝶のまま飛牙の鼻に留まる。

「慰めてるのか」

——なんなら一の宮につくか？

「いいや。どっちにもつかねえよ。この国の王位継承に俺が関わってどうするよ。いくら二の宮がむかつくからってそこまで馬鹿じゃねえ。それに一の宮が王になると俺、賭けに負けるらしい」

「なんだそれは」

「裏雲に賭けを挑まれた」

差し出された飛牙の指先に、鼻先からぱたぱたと移動する。

——何を賭けた？

「まだ決めてなかったようだが、想像はつく。私のことは諦めろ——そんなとこだろう」

それしかないだろう、と那兪も思った。

「で、余暉は生きてたか。村はどうだ？」

──それなのだが……。

那俞は余暉が三の宮であったことを飛牙に話して聞かせた。もちろん、二の宮に連れていかれたことまで。

「あいつが三の宮？」

これにはさすがに飛牙もあっけにとられたようだ。

「いやいやいや、おかしいだろ。なんであんな山の中にぼろぼろになって王子様が転がっているんだよ」

──それを言うならそなたのほうがよっぽどであろう。

「そりゃ俺は亡国の王子だ。どこでも這いつくばってたさ」

──三の宮は母が王宮の下働きだったようだな。その母も屍蛾の大襲来で命を落とし、三の宮は薬師だった母方の祖父とともに王宮から身を引いたようだ。

「ああ、それで屍蛾の特効薬を作っているわけか」

──余暉は王位などに興味もなく関わりたくはなかった。花南とも想い合っていたようで、ずっと村で薬作りをしていたかっただろうが。

「余暉を巻き込むとは二の宮もひでえな。でも、一の宮とどっちが先かってだけか」

余暉と飛牙を押さえてきたのだから、二の宮が巻き返しているというところだろうか。休戦に見せて水面下では駒取り合戦は激しさを増しているようだ。

——三の宮はこことはまた別の場所に隠されたとみえる。

「折を見て、二の宮を王位に推すと宣言させるわけか。あいつも辛いとこだな」

——そなたのほうこそ、裏雲がここに来たのであろう。賭け以外、何を話した？

「逃げようと言われたけれど、まだいいって答えた。あとは……甜湘のことを」

——話したのか？

「うん、まあ」

——烈火のごとく怒ったのではないか。

「そんな怒られることだったのか」

——あれはもう……なんというか。

人の心は説明が難しい。ましてこちらは人ではないのだ。

「なんなんだよ——ん？」

追及しかけた飛牙が顔を上げた。

異変を察し、那兪も蝶のまま後ろに向きを変えた。空中に透けた老人が浮いている。もちろん幽霊などではなく、これは自らの姿を送り込んだ高等な幻術だ。

「あ……どなたさん？」

飛牙が間抜けな問いかけをした。

──あの蛇は裏雲のところにいた暗魅だ。月帰という。

老人の胸元の蛇に気付き、教えてやった。

「ああ、裏雲の蛇か」

『この〈女〉は今私のものだ』

老人が笑って答えた。声というより頭に直接入ってきたというべきか。それよりもこの老人は天令万華(てんれいばんか)である那兪の声も聞いたのだ。そのことに那兪と飛牙は驚嘆していた。

『天令殿に徐国の寿白殿下とお見受けする』

老人の像が揺れながら言う。

「俺はともかく、那兪がわかるってあんた……黒翼仙か?」

『そんな穢(けが)れたものは背負ってはおらぬ』

飛牙の目つきが剣呑(けんのん)になった。

──この者の装束は駕国のもののようだ。

「……駕?」

『さよう。見ておきたくてな。罪深い黒き翼と、英雄だか死に損ないだか判断が難しい殿下を。堕ちた天令にまで会えるとはこれはまた僥倖(ぎょうこう)よ』

蛇の頭を撫(な)で、老人はふふと笑う。どうやら裏雲のほうにも挨拶(あいさつ)に行ったらしい。

『そうだな、どちらも悪くない』

実像ではないというのに老人から寒々としたものしか感じない。悪寒がするのか、飛牙が両腕をさすっていた。

――駕国の者よ。思思は……天令はどうした。

『お預かりしている。助けにも来ぬからいらぬのかと思ったが気にしていたのか。天も薄情なものよのう』

やはり捕まっていたのかと那兪は唇を噛んだ。

――天令を捕らえて何をしようというのだ。

『何も。永遠に劣化しない美しい人形なら、人はそばに置いて愛でたいと思うものよ』

これが幻ではなく実物ならば雷を落としていたかもしれない。それほどに怒りに震えた。まさに天に対する冒瀆だ。

「用件を言いな」

飛牙の声もすごみを増していた。

『よその国もたまには見ておきたいのでな。それにしても越は良い国だのう。気候も良い、土も良い。作物の実りも豊かとくる。あのようなぼんくらが王でもやっていけるほどだ。さても憎たらしいのう』

端整な顔立ちが邪に歪んだように見えた。

「駕じゃ不満なのか」

『どのような国かその目で確かめればよい。お待ち申し上げる。我が国は簡単には入れないが、殿下ご一行なら歓迎いたす。そなたの求めるものが見つかるかもしれぬぞ』

息を止め、飛牙は瞠目した。

『早く来るがいい。このような無骨なだけの国には得るものはなかろう』

それだけ言い残すと、老人の姿は薄くなり、完全に消えた。

しばらく考え込んだ飛牙は、寝台から立ち上がる。ぐるりと首を回し、袖をまくった。

――寝るのではないのか。

「爺さんにお招きいただいたからな。早いとこ、ここの仕事を片付けて行かないと」

筆をとると飛牙はなにやら計算を始めた。

――仕事とは屍蛾のことか。そなたの国でもなかろう。

「やりてえんだよ。あと少しでわかりそうなんだ」

書き殴った計算式の先に、屍蛾の大襲来から越を救う答えがあるということだろうか。

──つまり屍蛾の動きには数字で出せる法則があるのか。

「たぶんな。屍蛾ってのは暗魅っていうより、こうなんというか雨とか雪とか、自然現象に近いんだよ。通過する場所にたまたま人間が住んでいるってだけで」

なるほどそういうとらえ方もあるのかと、少しばかり感心した。

──変わったな。そなたはもう死に場所じゃなくて生きる場所を探している。

「そりゃそうだ。嫁いるし、羽付きが二人いる」

嫁はともかく、羽付きにそこまで義理があるのか、那俞には理解できなかった。

〈寿白殿下〉のせいではない。二人の羽付きは勝手に堕ちたのだ。堕ちることを拒むこともできた。それはあの黒翼仙もわかっているはずだ。

「ん？　一緒にするなって怒らないのか」

──将来を思えば、あの黒翼仙より私のほうがタチが悪い。

「らしくねえぞ」

睨まれて苦笑いしそうになったが、蝶は表情を作れない。

──結局、招待に応じるのか。凄まじく陰謀のにおいがするが。

あの老人はたぐいまれな術師だ。しかも身につけたものからして身分は高そうだった。となると王族かそれに近い存在だろう。また王族が絡むのかと思うと、それだけでうんざりする。つまり大事になるということだ。

「あれって黒翼仙を救う方法と堕ちた天令の救済に関する情報ってことだろ。元々そのつもりだったんだからちょうどいい。罠でもなんでも、少なくとも国には入れてくれるってんだから、渡りに舟だ」

すれているのか天真爛漫なのかわからない男だ。

——天令は現在駕国に降り立つことを禁じられている。入れば私はまた一つ罪を重ねることになる。

罪が増えれば世を滅ぼす怪物に近づくのかもしれない。それが恐ろしかった。

「そうか……ならどこかで待っているというのもありだ」

飛牙は無理にとは言わなかった。堕ちた天令の問題は世界の存亡に関わるだけに考えるところは多いだろう。

「でも、俺は一緒がいい」

飛牙は自分の希望を付け加えるのを忘れない。

——どうせ、使いっ走りとして都合がよいのであろうが。

「それもあるけど、おまえが好きだし」

蝶でよかった。人だったら赤面しているところだ。この男はこういうことをなんの照れもなく軽々と言う。

——思思のこともある。考えよう。少し飛んでくる。

不良殿下は前に進んでいるというのに、どちらにも振り切れないおのれが嫌になる。那俞は窓の隙間から飛び立った。

四

那俞は王宮に向かっていた。

今夜はいろいろあった。満月はすでに西へと傾いている。色街を除けば街の明かりもわずかなものだ。

飛牙がまとめ上げていた記録を見る限り、王都は九割の確率で屍蛾の通過地点になっている。暗魅とはいえ屍蛾の形状は大きな蛾だ。虫は明かりに寄ってくるもの。だから王都が狙われやすいのではないか――長い間そう思われてきた。

だから遷都の必要性を叫んでも退けられてきた経緯がある。莫大な公金がかかるだけに慎重にならざるを得ないところもあった。

しかし、飛牙は屍蛾を虫ではなく雨や雪のようなものだと言った。これは今までの越国の研究とは一線を画す考えだ。

明かりに寄ってくるというわりに、屍蛾はかなりの速度で通り抜けていくだけなのだ。央湖から海へ。この直線上に都が入っているために、高確率で襲来を招いているだけなのではないか。その点では遷都はしないよりしたほうが良いのは確かだ。

屍蛾が海を目指す。それは東鱗山脈を越えようとした者が見た光景だという。四方を囲む大山脈というのは外からの侵略を防ぐには完全な防壁だが、逆に見れば閉じ込められているわけでもある。

南羽山脈や西咆山脈を行き来するのはまだわかる。異境からの珍品は金になる。そういう生業も生まれるのは当然だ。しかし、東鱗山脈は勝手が違う。険しい山脈を越えれば海だからだ。この海の向こうのことは知られていない。近くにまた別の国があるともいわれているが、山脈を越えた先で船を造り、地図もないのに航海に出るなど、央湖に漕ぎ出すに等しい行為だ。ゆえに東の海の先についてはなんの文献もなかった。

しかしそれでも昔から人間の中には、まれに金にもならない大冒険をしたがる者もいる。海を目指し、水平線を目指し飛んでいく屍蛾の群れをそういった冒険者が見たという。その者は船を造ることができず、やむなく国に戻ろうとしたが、山脈で力尽きたらしい。その無謀者の残した日記だけが国に帰った。

屍蛾が東鱗山脈を越える姿は麓の村でも毎年見られており、海に行くのだろうと言われ続けていたが、それが証明された形だ。

大きな黒い蛾が密集して連なり山を越えていく様子は、あたかも龍が空を行くようにも見えるという。

渡り鳥のようなものだろうか。しかし、屍蛾は戻ってはこない。

考え込みながら飛んでいたからか、王宮の上空まで来るのに時間がかかってしまった。なんとなく城に来ただけで、今夜はさほど目的がないからだ。

真夜中だというのに、奥の陣にもまだ明かりが見える。王后の五角形の宮は寝静まっているようだ。

明かりがついているのは一の宮の宮殿だった。

残念なことに窓は閉じられている。この時間では人の出入りも望めないだろう。

「お休みのところを失礼いたします。明かりをつけさせていただきました」

中から聞こえてきた声は裏雲だ。あの男、飛牙のところに行ったあと、ここに来ていたのだ。どうやら来たばかりのようだ。

「奥の陣は深夜の人の出入りが禁じられているというのに、その方、どうやって」

不信感を滲ませた一の宮の声がした。

(これは会話を聞いておいたほうがよさそうだ)

那兪は中に入れないまでも、一番良い場所を探す。それでも室内のようにはいかない。あとは聞き取ることだけに集中した。

「お気になさらず。報告は早いにこしたことはありませんからね」

眠っているところを起こされたのだろう。一の宮の声はまだ少し朦朧としている。

「報告……？」

「ご存じですか、二の宮様の動き」

「汀洲殿下とは手を取り合い、屍蛾の対策に当たっておる」

おそらくここで裏雲は笑っただろう。

「お人がよろしい」

「言いたいことがあるなら早う申せ」

お人好しと言われ、さすがの一の宮も苛立ったようだ。

「二の宮様は弟の余暉殿下を呼び寄せ、自らの傘下に入れました。屍蛾のことが終わり次第、余暉様に自らを王位に推薦させるでしょう」

「なんとっ」

これには一の宮の目も完全に覚めたようだ。

「余暉は中立を貫くと申しておった。だからこそこちらからは手を出さぬよう固く伯父上にも言い付けておったのだぞ」

「二の宮様のほうが一枚も二枚も上手でございましたね」

寝込みを襲ってずいぶんと挑発するものだ。しかし、報告はこれだけでは済むまい。

「余暉は薬草作りに生涯を捧げたいと言っていた。それをこちらの都合で邪魔したくなかったのだ」

「弟思いでいらっしゃる。しかし、二の宮様が手に入れた駒は、それだけではございません」

「……まさか王后陛下を？」

そう思うのは当然だった。王と丞相を兼任している女傑がどちらかにつけばそれはもう絶対の王手だ。

「いいえ、あのお方は無理でしょうな。しかし、王后陛下に繋がる高貴な客人を手に入れたのです」

「それは何者だ」

「徐国の寿白殿下にございます」

意外な人物の登場に、一の宮は息を呑んだかもしれない。

「あの寿白殿下が」

「はい、十年に及ぶ艱難辛苦の末、徐国を取り戻した救国の英雄。獣を従え、飢骨をも安らかな眠りにつかせた奇跡の王子にして、もっとも天に愛された王者にございます」

これでもかとわざとらしく飛牙を持ち上げる。そもそもこの英雄の噂も裏雲が広めたものだ。天下四国が黄昏を迎えようとしているこのとき、人々は颯爽たる英雄の登場を待ち望んでいたのだ。当然大衆の食いつきもよかった。

「なにゆえ寿白殿下が二の宮につく？」

「味方になったわけではありません。二の宮様は寿白殿下を閉じ込めておいでなのです。元々お忍びの旅を楽しんでいらっしゃったところを二の宮様に見つかり……」

「監禁しているというのか。それは重大な外交問題になりかねぬぞ」

「そのとおりでございます。寿白殿下はお心の広いお方ゆえ、どのような状況も楽しむ度量がございますが、一の宮様がお助けせねば徐国との間に大きな災いを抱えることになりかねません」

那兪は頭を抱えたい気分だった。裏雲はかなり一の宮を煽っている。

「二の宮様はそのように思慮のないお方。王位を渡してよいのですか」

「人のことは言えぬ。我らとて二の宮の姫に麻の肌着を贈るような挑発をしておるのだ。互いの怨嗟は侍女や下働きの者にまで及んでいる。もはやどうしてよいのか」

一の宮は頭を抱えた。

「まずはお救いするのです。寿白殿下をこちらで手厚く保護いたしましょう」

「しかし、力ずくで取りこめば面倒なことになる。これ以上の表だった争いは避けたい」

「私にお任せいただければ」

言うと思った。これはもう彼らの会話が終わり次第、急いで飛牙のところに戻らなければならない。

「その方は徐の者であったな。もしや知り合いなのか」

「少しばかり」

「そうか、なら任せよう。よろしく頼む。徐国とは末永く友好的でありたい」

一の宮は裏雲に不信感があったようだが、外交に関わる問題ともなればそうも言っていられないらしい。秘密裏に片付けたいという気持ちも働いただろう。

「それでは失礼いたします」

裏雲が出てくる前に飛び立たなければならない。

渡り廊下の欄干に留まっていた蝶が飛び立とうとしたそのとき、突然何者かに飛びかかられ、足で押さえつけられていた。

怒りと屈辱に那兪は天の力を解放しかけた。この場に雷を落としかけたのだ。が、今回は、それをすんでのところで押しとどめた。

（また、この猫か！）

宇春と呼ばれている子猫の暗魅だった。小さな体に獣の瞳を持っている。聴力を集中させていなければこのような無様はなかったものを。怒りを抑えているものの、またしても猫にはたかれた悔しさは耐えがたいものがある。

「何事だ」

「猫が紛れ込んだのでしょう。お休みくださいませ」

裏雲が廊下に出てきた。

猫の肉球に押さえつけられていた蝶を見て満足そうに肯いた。

「ありがとう、宇春」

持っていた包みから、虫籠を取り出した。以前捕まった天令用のものだ。用意がいいというか、なんというか。もしかしたら城に向かう蝶を見つけたうえで、罠を張ったのかもしれない。

(腹立たしい)

あっさり虫籠に入れられてしまった。

「ようこそ。今宵の本命はあなたです」

虫籠の中の蝶に囁く。

裏雲は辺りを見回した。猫がするりと懐に入る。黒い翼が広がり、あっという間に空高く上がった。

「私も黒翼仙になってからさほどぐっすり眠る必要がなくてね。聖なる天令様とは一度ゆっくり語り合いたかった。殿下と過ごす毎日はさぞや楽しいのだろうね」

好きで一緒にいるわけではないわ、と文句を言いたいが、話しかけてなどやらない。

まん丸い月が赤みを帯びている。主役の退場とばかりに、西の地平へ落ちていこうとしていた。

第五章　月の導き

一

「こんなものも用意していたのか」

可愛い顔は怒りで歪んでいた。天の一員である天令が人間、それも忌み人などに、このような目に遭わせられているのだ、無理もないと裏雲も思う。

那兪は今、牢のような洞窟に入れられ、片足を鎖で繋がれていた。その鎖には天令を封じる呪文らしきものが刻まれている。人の姿にはなっているものの足枷が外されない限り、逃げられないということだ。

「私は準備がいいんだ。殿下のように行き当たりばったりではない」

牢の中にいる愛らしい天令の前で少しばかり勝ち誇ってみせる。何分、こちらは天に心臓を握られている身。少しくらい天令で憂さ晴らししてもこれ以上罰は当たるまい。

暗い洞窟を松明がささやかに照らしていた。以前、この越国へ来たときに見つけておいた場所だ。盗賊か何かが潜んでいたらしいが、今はその盗賊たちもすっかり骨になっていた。屍蛾の襲来で全滅したのかもしれない。

三年前の襲来はここを通過している。十四年に一度の大襲来でなくとも屍蛾は毎年確実に死者を積み上げてきた。

「私を人質にして、飛牙を一の宮の陣営に味方させようというのか」

「殿下は他国のもめ事などに関わりたくないのだろう」

「そのとおりだ。だがどういうわけか、あの馬鹿はことごとく関わってしまう」

この天令もそのあたりは腹に据えかねていたらしい。

「それで世継ぎの姫と夫婦になったと。あなたはそれを認めたわけだ」

天令が睨み付けてきた。

「本人たちが決めたことを引き裂けば、それこそ干渉だ」

「確かに殿下と燕の名跡姫の婚礼は天下四国にとっては大きな出来事だな。しかし、あなたは今更干渉がどうのこうのと言えた義理でもないはず」

天令は顔を背ける。

「私がいなければ飛牙は間男の罪状で虎に喰われていたかもしれない。そなたにとってはそのほうがよかったか」

難しいことを訊いてくる。そのとき殿下が間男として虎に喰われていたら、生きていたことすら知らなかったわけだ。庚王が死に亘筧王太子が王位につく。その点も変わらない。変わったことといえば名実ともに徐国が戻ったことだけ。それでも——

「いや……殿下を助けてくれたことには感謝してるかな」

「あんなのでもか」

「あんなのでもだ」

同時に笑っていた。しまったとばかりに、那兪は急いでしかめっ面に戻る。その仕草の可愛らしさを裏雲は大いに楽しんでいた。

「だったら、一緒にいればよいではないか」

「殿下に、私が焼かれて死ぬところを見せろと？」

「あれは……死なせるつもりでいない」

本当に、なんという愛らしい天令だろう。師匠から奪った知識や記憶の中の天令とは大違いだ。

「死なせるつもりがなくとも、間違いなく死ぬのだよ。焼かれ苦しんで死ななければならない。それだけのことをした」

「うむ。そなたは大罪人だ、それは間違いない。だが、飛牙にとっては特別な存在だ。天に逆らってでも、堂々とそなたを贔屓したいからこそ、奴はあのとき王位につかなかったのだ。それがわからぬか」

裏雲は一瞬言葉を失った。天令の表情を見る限り本気で言っているようだった。

「一国の王が黒翼仙や堕ちた天令を堂々と守ろうとすれば、天に仇なすと思われても仕方ない。せっかく復活した徐国にまで災厄をもたらしかねない。奴は玉座より厄介な羽付きの二人を選んだのだ」

「……堕ちたのか」

那兪は小さく肯いた。

「私は天に戻れない。このままだといつか宥韻の大災厄のような事態を招くだろう。飛牙は今、それもなんとかしたいと思っている。あやつからすれば、徐王なんかやっている場合ではなかった」

堕ちた天令――地上を滅ぼす兵器のようなもの。少年はそんな怪物などには見えない。

「黒翼仙を助けるなど無理だが、あなたのほうはもっと無理だな。殿下は本気でそんなことを考えているのか」

「考えているのだ、あの馬鹿はっ」

那兪は思い切り叫んでいた。

心なし、目が潤んでいるようにも見える。確かにこれは天令失格だ、と裏雲は思った。天令とは天の自動人形。

（この子は私よりよほど〈人〉だ）

もっとも、それは天令にとってなんの賛辞にもならない。

「天令を閉じ込めるあの籠を私にくれ」

「その足枷と虫籠は、師匠の形見みたいなものでね。自分で殺しておいてなんだが。同じ呪文を刻んでも私では作れない、貴重なものだ。白翼仙でなければ駄目なのか、それとも……案外」

「案外なんだ？」

「なんでもない、そんなにあの虫籠を壊してしまいたいのか？」

「大切にするとも。私の牢獄だ。あの中に入れば私はただの虫、なんの災厄も招かない」

なんとも美しいことを言う。この世を滅ぼさないために、自ら永遠の牢獄に繫がれようというのだ。

「さすがは私の殿下だ。天令を人に変える才能がある」

心からの感嘆だったが、天令は揶揄されたと感じたようだ。那兪は眦を吊り上げた。

「そなたは何が望みなのだ。一の宮にもこの国にも興味はなかろう」

「暇潰しではいけないかな」

「そんなに暇なら飛牙とともに屍蛾から民を守ればいい。大罪を犯したというなら、その分徳も積めばいい」

裏雲はくすりと笑った。

「何をしても抗うことはできない。そんなことは天令なら知っているはず。あなたの運命と同じだ」

「助かるという見返りがなければ何もしたくないのか。そなたの殿下は今も屍蛾の襲来から囚われの身でずいぶんとはっきり言ってくれる。今、殿下の伴侶にふさわしいのは誰かという問いに対する答えを貰った気がした。

「あなたの説教は実に新鮮だった。天令様にはしばらくここでお休みいただこう。いずれ出してあげるよ」

少年を残し、洞窟から出ていく。

落ちている人骨を踏むことにもなんの痛みもなかった。天令がどこまで知っているかわからないが、黒翼仙が忌み人と呼ばれるのはその成り立ちからだけではない。背中の痛みは人の血や涙を見たとき、わずかだが和らぐ気がするのだ。そんなおのれに気付き、絶望し、やがて何も感じなくなる。力が強ければ強いほどそうなる。

(私は最悪の黒翼仙だ)

師匠の綸梓からその才を認められ、白翼仙を目指せと言われたほど、元々裏雲には仙道を究める力がある。それが黒いほうに作用していた。庚の宦官だった頃は漲る殺気をすべて庚王に向けられたが、今は違う。

「……いずれ殿下の血を見たくなるような気がする」

あの天令に話せば、殿下にまで伝わる。こんなことは、殿下にだけは知られたくない。

すっかり夜が明けていた。夜が一掃された空を見上げ、翼を広げる。焼かれるそのときまでこの翼を使い続けるだけだ。使わずに逃げ隠れしようとも末路は同じなのだから。

空高く舞い上がり、翼を風に乗せる。

さて、なんと言おうか。天令のことはともかく、私のことは諦めてほしい。そう言って了解してくれる男でもなし。

(そうだ……あれがあったか)

空を飛びながら思いついた。

二

一度、央湖の様子を見に行った。

雪蘭が戻ってこないのも気になっていた。白鴉には屍蛾の発生を監視してもらっていたが、さては月帰のように他の術師にでも乗り換えたか。

愛くるしい白鴉の姿も、禍々しい屍蛾の群れも見当たらない。普段なら獣や暗魅の遠吠えなども聞こえるのだが、央湖の周辺は珍しく静まりかえっていた。

央湖はいつも黒い穴だ。本当にあれに触れて水だと確認した者はいるのだろうか。確認できた者が生きて戻れたとは思えない。

『命を終えた人は央湖に還り、うねりとなって大地の底を巡って別の何者かになって戻ってくるのだろう』

師匠が語っていた言葉を思い出す。命梓の言うことが正しいかどうかはわからない。所詮死生観は個人の哲学に過ぎないのだ。

もしそれが正しいなら、自分は央湖にも拒否されるのかもしれない。

暗くなってきて、裏雲は王都に戻った。空を飛ぶことは見た目ほど優雅ではない。疲れ方で言えば走っているのと大差ないのではないか。いや、黒翼仙として老いてしまったからこそそう感じているのだ。

　夜になって裏雲は二の宮の別邸に降り立った。屋根の上で警備の様子を見ていると、屋敷から二の宮が出てきた。

「王宮に戻られないのですか。ですが里郎様が――」

　出かけようとする二の宮に、侍女が追いすがっていた。

「郭将軍と約束がある」

　鬱陶しいと言いたげに女を一瞥すると、二の宮は馬車に乗り込んだ。

「里郎様は三日も熱が下がらないのです。どうかお見舞いに行ってくださいませ」

「たかがはしかであろう。医者もついておるではないか」

「奥方様も待っておいでです。どうか」

「くどい。この大事に子などにかまっている暇があろうか――馬を出せ」

　御者に命じると馬車は侍女を振り切り去っていった。

　侍女が泣きながら屋敷に戻ろうとしていた。その背後に音もなく降り、うなじを指で突いた。途端に女は崩れ落ちる。

　相手が女子供ならだいたいこれで眠らせることはできるが、警備の男たちとなるともう少し荒っぽくする必要があった。

　懐から扇子を取り出し屋敷の中に入る。それなりの格好をして堂々と入ると、向こうも不審者と決めつけてかかることはない。

「あの……どなたで？」

問いかけてくる兵の鳩尾（みぞおち）に、閉じた扇子の先端を食い込ませた。倒れた男をまたぎ、奥へと進む。いっそ斬（き）り捨（す）ててもよいのだ。血は翼の毒を和らげるのだから。

だが……殿下は嫌がるだろう。

（いや……ことを荒立てぬため）

一の宮とも約束している。越の民に恨みがあるわけでもなし、内乱にする必要はない。そう思いながら裏雲は進んだ。一人ずつ現れてくれる敵兵を片付けるのは楽なものだった。戦（いくさ）をしたことのない国の兵など恐るるに足らぬ。

おそらく三の宮の警備に人を回したのだろう。夜間、屋敷にいたのは数人であった。あっさり片付け、鍵（かぎ）を奪うと、奥の部屋の扉を開けた。

「裏雲……！」

卓に突っ伏していた飛牙が驚いて顔を上げた。寝ぼけた顔に墨がついていた。

「ここを出るぞ」

今回は有無を言わせない。

「ゆうべ、俺断ったよな」

「天令を預かっている」

飛牙は目を丸くした。

「あいつまた捕まったのか……人のこと言えねえぞ」

飛牙はぼんの窪に手をやり、困ったなと唇をひん曲げた。

「あの子は堕ちたそうだな。いっそこのまま永遠に繋がれていたいと思っているようだ。天令の虫籠をくれと頼まれたが、くれてやっていいのか」

思えば羽付き二人はずいぶんと気弱になっていたようだ。結局、愚痴をこぼしあっただけのような気がする。

「あんな籠、央湖にでも捨てちまえ」

怒りで寝ぼけ眼も吹っ飛んだか、飛牙は立ち上がると、計算などを乱雑に書き込んだ紙を丸めた。

「ふざけるなよ。何、勝手に諦めてんだ、あのバカタレ」

壁にかかっていた美しい刺繡の布を引っぺがし、そこに書きかけの紙と書物、ついで室内を飾っていた高価な装飾品を包み丸めた。それを泥棒よろしく背負い込む。

「よっしゃ、行くか。あのチビスケを張り倒してやる」

先頭になって部屋を出ていく。どれほどあの天令を愛しく思っているのだろうか。

「よかった、殺してないみたいだな」

倒れている者たちを見て、飛牙が礼を言った。

「着物が汚れる」

「うんうん。そうだよな、ありがとな」

満足げに屋敷から出ると、外に倒れていた女を引きずり屋内に入れてやった。

「さあて行くか。連れていってくれるんだろ」

興奮する子供のような顔をしてこっちを見る。

「……もしかして一緒に飛びたいのか」

「当たり前だろ、そのほうが速い」

「天令は人質なのだが」

「ならそこで俺も一緒に人質になる。どうせ一の宮もどこかに閉じ込めるつもりでいるんだろ。急がないと。ほれ、頼んだぞ」

飛牙は大きく両手を広げた。しっかり抱きしめて飛べということらしい。

「重そうだな」

二の宮のところからちゃっかり壺まで盗んできていたから、けっこうな重量になりそうだった。

「……無理か？」

心配そうな目で見つめられ、溜め息をつく。

「やってみよう――しっかりつかまって」

そう言うと、飛牙は嬉しそうに裏雲の首っ玉にしがみついた。

「悧諒の匂いがする」

断じて動揺は見せない。

「もはや悧諒ではないと言ったはずだ。殿下は汗臭い。二の宮は湯浴みもさせてくれなかったのか」

「いや、いらないって言ったんだ。時間がもったいなかったからさ」

「まったく……」

両手を飛牙の背中に回した。背負った荷物が邪魔だが、包み込むとふわりと体を浮かせる。広げた翼を羽ばたかせ、空高く飛んだ。

「すげえ、飛んでるっ」

首にしがみついたまま地上を見下ろし、飛牙はおおはしゃぎだった。

こんな有り様だが、こういうところは子供の頃と同じだった。初めて見た花、流れ星をたくさん見た夜、獣心掌握術を成功させたとき――愛らしい笑顔で駆けてきて一番初めに教えてくれた。

『王太子殿下は本当に悧諒様が大好きなんですね』

侍女が笑ってよくそう言っていた。

(殿下にとって私は一番だった)

飛牙の体を抱きしめながら、裏雲はこのまま天まで攫っていきたい気持ちになる。殿下が死んだことを受け入れたときから、味わったことのない高揚感だった。この腕の中に求め続けた宝物を抱いている。

こんなに大きくなって。すれっからしの悪党だとしても救国の英雄だとしても、裏雲にとっては永遠の輝きを放つ寿白殿下に他ならなかった。

「綺麗な羽だな」

飛牙が翼を撫でた。

「穢れるから触れないほうがいい」

「こんなに綺麗なのに穢れてるわけねえだろっ」

耳元で殿下が怒る。

「殿下……私のことは諦めてくれないか」

「やだ」

即答だった。

「私は天の業火で焼かれる姿を見られたくない。それは殿下の心を蝕むだろう」

「焼かせない」

「これだけは曲げられないものなんだ。私は報いを受けなければならない」

「それなら俺だって報いを受けなきゃいけないさ」

思ったとおり、ちっとも言うことを聞いてくれない。

「ならば賭けだ。一の宮が王位についたら私の勝ち。どうか忘れてくれ」

「じゃあ絶対負けねえ」

首にしがみつく殿下の手が肩に食い込んだ。

「城から逃げて……俺は何人も見送った。俺なんかに関わらなければ今も生きられた命だ。殿下の御為――そう言いながらみんな死んじまうんだ。最後、趙将軍と慶沢の首を見ながら、自分が壊れていくのをありありと感じた」

趙将軍……裏雲の父だった。国一番の武将で、息子から見ても誇らしかったものだ。

「俺は世間知らずの餓鬼でなんの力もなくて、ただ守られるだけだった。もう見送りたくない。せっかく生きて会えたのに諦めたくねえよ。玉座なんかくそくらえだ。おまえのほうがいいんだ」

……もうこのまま死んでもよかった。

「妻を娶ったくせに」

つい憎まれ口が出る。

「甜湘は跡取りの姫だろ。境遇が似ててさ。夫婦というより同志みたいな感じかな」

「あの天令もずいぶんと大事にしてるな」

「だって俺のせいで堕天させちゃったろ。口うるさいけどすげえいい奴なんだ。って

おまえこそなんだよ、あの暗魅。どうせ人間の姿のときは、どいつも美人なんだろ」

責められて裏雲は吹き出した。

「いくら美しくても暗魅だ」

「そっか？　みゃんとか絶対、惚れてると思うぞ。いっつも懐に入ってるんだろ」

「馬鹿なことを」

痴話喧嘩のようなことを話しながら空を行く。天の関心を失ったこの身でも、天に感謝したくなるほどの至福だった。

夜空には、十六夜の月が呆れ顔で浮いていた。

洞窟は王都から少し離れた場所にある。山の多い越にはこういう洞窟は少なくない。

「着いたか、大丈夫かあいつ」

地上に降ろしてやると、飛牙はすぐさま洞窟の中へと駆け出した。そのあとをいささか複雑な思いで裏雲はついていく。

「那兪っ」

鉄格子の中で那兪が倒れていた。その目は閉じられている。

「どうした、おいっ――裏雲、早く開けろ」

飛牙が振り返って叫ぶ。

「天令は死なない。慌てることはない」

裏雲は鍵を外した。

「那兪、どうしたんだよ。おまえ、寝ないんだろ、ほら起きろよ」

ぐったりと倒れたままの那兪の体を起こし、飛牙は軽く頰を叩いてみる。

「……人の子よ」

那兪の唇が開いた。声は確かに那兪だが、どこか口調が違う。

「那兪？」

「我を目指せ……我に」

飛牙はもちろん、裏雲も絶句した。これは天令の言葉ではなく――

(天の声なのか)

割れるように頭が痛み、裏雲はしゃがみ込んだ。だが、飛牙はなんともないようだ。

「……我を目指せ」

那侴は目を閉じたまま飛牙に語りかけていた。天令の力を封じる足枷をつけながら、その体はわずかに光を帯びている。

「あんた誰だ……どういう意味だ」

飛牙が問いかけるが、那侴はそのまま再び倒れた。厳かな光も消え、ただの少年に戻っていた。

「おいっ、那侴。しっかりしろ」

那侴の体を支えると抱き寄せた。

「起きろ、くそったれに乗っ取られるな」

那侴の目蓋がゆっくりと持ち上がってくる。抱きかかえられていることに気付くや、驚いて飛牙を引き離した。

「何をしてる」

「おまえ……覚えてないのか」

はっとしたように那侴は口元を押さえた。

「私の口は……何を言った？」

何かに乗っ取られたかのような感覚はあったのだろう。那侴は震えていた。する必要もない呼吸も荒くなっている。

「そんなことより、まずここを出ようぜ。裏雲——っておい？」

飛牙が振り返ったときにはすでに裏雲は牢の外に出ていた。

「一緒に人質になってくれるのだろう。積もる話はゆっくりするといい」

牢の鍵は開けてやったが、天令を解放してやるとは言っていない。縛めの鍵を渡してやる気などなかった……のだが、気がつけば懐にその鍵がない。

「これか？」

してやったりの顔で飛牙は指で摘まんだ足枷の鍵を見せた。

「おまえの胸は温かかったよ。すげえ幸せだった。でもいただくものはいただく」

「私から盗んだのか」

まったく気付かなかった。懐から掏られているとも知らず、殿下の言葉にうっとりしていたのかと思うと、おのれが情けなかった。

「悪いことはなんでもやった。良いこともやってみたい。ほら、付き合え。あとちょっとなんだよ」

飛牙に袖を引っ張られ、座らされた。暦の文献と書きかけの紙を目の前に広げる。

「那兪、これで自分の足枷、外せ」

天令に足の縛めの鍵を放り投げた。

「もう動けるだろ、松明をこっちに持ってきてくれ」

「……ああ」

まだ、何者かに体を奪われた動揺は残っているようだが、那侖は足枷を外すと、言われたとおり松明で飛牙の手元を照らした。

「裏雲はこれを見てくれ。これがここ二十五年分の屍蛾の襲来日だ。屍蛾の速度からするに、央湖付近から半日で王都に到達できるわけだ」

「遷都は合理的な考えだな」

「それには賛成だが、もうそんな暇ねえ。だが、屍蛾は雨を避けるのでその分は遅れることがある。つまり雨が降るときは迂回するわけだ——那侖、王都に雨は降りそうか」

天令は一瞬嫌な顔をした。干渉の二文字がどうしても頭をかすめるらしい。

「……数日は降らない」

「そうだろうな。宇春もそう言っていた」

裏雲も同意した。天令ほどではないにしろ、暗魅も天気を読む。

「とすればもう時間がないと思うんだ。屍蛾は明後日には王都を通過する」

飛牙は断言した。

「何故わかる」

「裏雲は海を見たことがあるか」

「翼は天下四国しか飛べない」

挑戦したことはあった。黒い翼の呪縛(じゅばく)から逃れられるかもしれないと思った。だが、大山脈を越えることを翼が許さなかった。進もうとすればぴくとも動かなくなり落ちていく。自由の翼はある意味軛(くびき)だったわけだ。

「つまりさ、海と月とお日様なんだよ。知ってるか、海は約半日の周期で潮が満ちる。海面が上がって海が陸のほうまで来るんだ」

「それは川や湖でも少しはあるが」

「海の場合あんなもんじゃないんだ。満ち引きが大きい。中でも大潮は満月と新月で起きる。南異境ではこの満ち引きが命を生んだという考えがある。かいつまんで言うと、たぶん屍蛾は新月の夜、海に着くように微調整しながら飛んでいるはずなんだ。こう言ってはなんだが、あいつらは海とお天道様(てんとさま)と見えない月に惹(ひ)かれているんだな」

裏雲は計算式を確かめた。

「新月の海を目指すなら、逆算すれば二日後に、屍蛾は王都を通過するということか」

その次の新月となると、もう時期を外している。

「けっこう苦労したんだよ、この日付を出すの。二十五年分の統計と暦を比べてさ。ここと東の海じゃかなり距離もあるから当然ずれるだろうし。雨が続いて到達が遅れれば山脈かなんかで次の新月を待つのかもしれないな。間違ってないか、ちょっと算術確かめてみてくれ」

これは大山脈を越え、異境で暮らした殿下でなければ導き出せなかった答えだろう。裏雲は感嘆していた。

「間違いはない、完璧だ……さすが私の殿下だ」

「惚れ直したか？」

にんまり笑って顔を近づけてきた。幼い頃はこういう仕草も可愛かったが、今は少し憎たらしい。

「宦官やってたんだよな。これをわかりやすく文書にできるか。王后や一の宮二の宮が見ても理解できるように」

飛牙に墨と筆を差し出され、裏雲は黙って受け取った。

「まさかこれが目的で、逆に私を利用したのか」

「俺、ほら事務経験ないからさ」

宦官の頃は散々周囲を掌に載せて転がしてきたというのに、今、殿下にいいように転がされている。情けない気持ちを押し隠しつつ、屍蛾の襲来予測をしたためる。

「那兪、これをすぐに王后陛下に渡してくれ。光でひとっ飛びな」

「私では信用できないか」

「だって、一の宮に渡されたら俺たぶん賭けに負けるだろ。ここは間をとって中立の王后にしとこうや」

奪おうとしても二対一では分が悪い。裏雲は吐息とともに丸めた紙を那兪に渡した。

「私は配達人ではない、と言いたいところだが行くとしよう。動きたい」

那兪は書状を持ったまま光になった。一瞬洞窟の中は目映(まばゆ)くなり、そしてすぐに松明だけの薄明かりに戻る。

動いていないと、〈何者〉かにまた体を奪われそうな気がしていたのだろう。

「我を目指せか……意味深だな」

「まあな。でも、なんかもう眠いわ」

飛牙はこてんと横になった。数日ちゃんと眠っていなかったのだろう。

「一仕事終わったし、閉じ込めてもいいぞ。俺、ここで寝る。あとで水と食い物持ってきてくれ」

今更閉じ込めて意味があるのかわからなくなってきたが、一応鍵をかけておいた。

(わかっているはずだ)

あれが天の声だということは。

とはいえ、天は定義が曖昧(あいまい)だ。唯一神というわけでもないだろう。天のなんなのかが摑めない。我を目指せとは我のところに来いという意味なのか。

振り返れば、飛牙はもう眠っていた。その穏やかな寝顔には幼い頃の面影がある。同時に、裏雲が知らない歳月も確かに刻まれていた。

(少年は男になった……私は)

洞窟から出ると、忌まわしき黒い翼を広げた。

三

「なんと、二日後とな」

王后は書面を広げ、息を呑んだ。

那兪が渡した書状をじっくりと読み、一つ一つの根拠を確認し、王后は顔を上げる。その表情には名君の風格があった。

「たれぞ、おるかっ」

王后は戸を開けて叫んだ。普段とは違う様子に驚いたか、数人が駆けつけた。

「屍蛾の襲来日がわかった。すぐに郭将軍と陳学兵を呼べ。一の宮と二の宮もだ。すぐに対策会議を開く。早急に支度せよ」

集まった者たちは、ははっと答えると、すぐに各々の役目を果たすべく散っていった。

「鶴の一声ですね」

那俞は感心していた。王后に仕える者はなかなか優秀だ。

「これは寿白が導き出したのだな」

「はい。南異境で暮らしていたことで気付いたようです」

感無量とでもいうように王后は天を仰いだ。

「大きくなって帰ってきたということか。私は故郷と許毘に感謝せねばならん」

「三の宮様がどこにいるかご存じありませんか」

「おそらく、王都南の離宮だろう。蓬莱橋の近くにある。三の宮をどうするのだ」

「あの方は屍蛾の特効薬を研究し続けた専門家です。使わない手はありません」

王后は笑って肯いた。

「それはそうだ。あれも立派に王子だ。国難に際し活躍してもらわねばな。まずは王都薬学院に行かせるとよい。あそこが毒を浴びた者を収容する拠点にもなる」

「承知しました。時間がありません、陛下もお急ぎを。私はこれにて失礼いたします」

那俞は庭に降りるとそのまま茂みに身を潜め、蝶になった。空は明るくなっていた。長い夜が終わり、新たな一日が始まる。

これから二日が越の勝負のときとなるのだ。

那俞は余暉のところへ向かった。

いかに徹底した対策をとっても毒に冒される者は必ず出る。そこを救えるのは薬であり、余暉だ。二の宮のところで囲われている場合ではない。

離宮を見つけ、窓から入り込む。

どうやらここは二の宮の私邸というわけではなく、王族全体のものらしい。三の宮を王子として堂々と迎えたということだろう。余暉は恩があるから二の宮を裏切るわけにはいかない。飛牙のように閉じ込められてはいないようだ。

「これを三の宮様に」

「はい、かしこまりました」

声がした。お茶道具一式が載った盆を持った侍女が二階に上がっていく。これ幸いと蝶はついていく。

「殿下、お茶をお持ちしました」

「……どうぞ」

侍女の背に留まり、中へ入った。案の定、余暉は気落ちした顔で窓の外を眺めていた。

「それでは失礼いたします」

「うん……ありがとう」

礼を言ったものの、余暉は振り返ることもなかった。窓の外を眺めては溜め息ばかりをついていた。

「しゃんとせぬか」

那兪は人の姿になって怒鳴った。

「えっ、ええ？」

声に驚き振り返った余暉はそこにいる少年を見てさらに驚く。

「な、那兪？　どうしてここに」

「そんなことはどうでもよい。そなたは王子だ。腑抜けている場合か、民を守れ」

まっすぐな瞳で檄を飛ばされ、余暉はたじろぐ。

「守るって……え」

「明日屍蛾の大群が都を襲う。どんなに防衛しても毒にやられる者は多いだろう。そなたが助けるのだ」

余暉はあんぐりと口を開けた。

「明日って、どうして」

「わかったのだ。徐国の、いや天下四国の英雄寿白殿下が突き止めた」

説明が面倒なときは〈寿白殿下〉でいい。今やその名には人を黙らせる力がある。

「あの寿白殿下が……わ、わかった。どうすればいい」

「王后陛下がとりあえず王都薬学院に行けと言っていた」

「あそこに？　行ってみたかったんだ。わかった、すぐに向かう」

余暉は嬉々として荷物をまとめ始めた。

「あ、でも二の宮様に断らないと」

「二の宮も対策会議に呼ばれている。気にするな」

「そっか、ならここの人たちに行き先を断ればいいね」

「義理堅いな、二の宮はそなたを金で買ったようなものだろうに」

ここの王族は〈兄弟は他人の始まり〉を絵に描いたような存在だ。

「うん、でも……おかげで村は助かってるし。それに兄上たちが嫌いなわけじゃない。僕の母が死んだとき一の宮様は抱きしめてくれた。二の宮様は……男なら泣くなとだけ。でもそれで泣くのをやめたよ。それくらいしか兄弟としての思い出もないんだけどね」

あの兄弟らしい話だ。

「何か少しでも役にたてればいいな。寿白殿下がこの国で頑張ってくれているのに、何もできなかったら恥ずかしい。一人でも多く助けなきゃ」

　王都に連れてこられてから気の抜けた日々を送っていたであろう余暉は役目を与えられ、生気を取り戻していた。

「祖父ちゃんのところで勉強してはいたけど、学舎で学びたい気持ちも実はちょっとあったんだ。蔵書が違うから」

「そなたなら望めば叶えられただろう」

「いや、でも、ほら……村には花南もいるし」

　余暉は照れくさそうに頰を染めた。誠実な若者にとっては難しい選択だったようだ。飛牙や裏雲のようなひねた青年を見ていたせいか、眩しくすら感じる。

（これが正しい。まったくあの連中ときたら盗んだり、攫ったり、騙したり。ろくなものではない。

「王子ではないほうが夫婦になりやすいか」

「うん……だから、もう駄目なのかもしれない」

　余暉は淋しそうにうつむいた。

「望めば妻妾の一人に迎えるくらいできるだろう」

「花南だけでいいんだ。それに王宮で苦労させたくない。畑仕事で笑っている花南が好きだから」

確かにあの娘が奥の陣で着飾って時を過ごす姿は想像できなかった。野に咲くからこそ美しい花もある。

「戻りたいのだな」

「でも戻っても、もう……」

花南にも村人にも王子であることが知られてしまった今、仮に戻ることができても昔のようにいかないと考えているのだろう。

「それはそなたの態度次第だ。向こうが王族に気が引けるのは当然なのだから」

余暉はまじまじと見つめてくる。

「おかしいな、子供と話してるって気がしない」

子供ではない。虫ではない。一度思い切り叫びたいものだ。

「私は見た目どおりの者ではない。それより早く行け」

「でも、那俞はどうやってここから——」

「いいから行け」

余暉を部屋から追い出したところで、那俞は窓を開けた。

この晴れ渡った空を黒く埋めつくして、災厄がやってくる。それまでにどれだけ準備ができるかがこの国の命運を決めるのだ。

(私のしていることが干渉だとしても)

飛牙と同じで、一人でも犠牲者を減らしたかった。堕ちて戻れないのは諦めればいい。ただ……いつかこの身は屍蛾どころではない大災厄になる。

それでも今はやるべきと思ったことをやることにしよう。

那俞は蝶になると窓から出ていった。

屍蛾襲来の後まで王都には雨は降らない。

つまり迂回することなくまっすぐ王都を通過する。ならば宝里は安全だ。晆景が薬やその材料を持っているかもしれないと思い、那俞は宝里村に飛ぶことにした。

いつか大きな兆しが訪れたときは、この身を封じるのだ。

裏雲は自分には天令を封じるものは作れないと言っていた。黒翼仙が駄目なら白翼仙なら作れるのか……それとも。

一つの仮説が浮かんだ。

(堕ちた天令自身しか作れないのではないか)

だとすれば、かつて自分を封じるために作った堕ちた天令がいるということだ。

(……宥韻の大災厄の天令か)

災厄を招きたくなくて自分で自分を封印しようとしたのだろうか。だとすれば何故災厄は起きたのか。

とりあえず、屍蛾の件が片付いたら自分で〈虫籠〉を作ってみようと思った。刻まれていた呪文は覚えている。

那兪は王都を越えるまで蝶のまま飛び、あとは光となって宝里村を目指した。

四

裏雲は王都の紅維の家に戻ってきた。

翼は便利なものだが、光に勝てるわけもない。しかも、長距離を飛んだあとは倦怠感が強く出る。黒翼仙として老人ということなのだ。

長椅子に横たわり、目を閉じた。

「裏雲殿、どこにいらっしゃったのです」

この家の主人である老女が駆け寄ってきた。

「紅維様、今のうちに王都を離れたほうがよろしいでしょう」

「どういうことです？」

「明日には屍蛾がやってきます。できれば離れたほうが」

世話になった老女を気遣う。

「城で緊急会議が始まったのはそういうことでしたか。ですが、わたくしは女といえど官吏、逃げるわけには参りません。一の宮様と姫様を守らねばなりませんから」

この国は忠臣が多い。良いことなのだろうが、それが王位継承問題を深めている。

「とりあえず、この家も内側から目張りをして、隙間のないようにしてください」

「ええ、そうですね。それにしても明日とは……よくわかったものですね。当たるのでしょうか」

紅維は懐疑的だった。今まで予測が当たったことがなかったからだろう。

「当たりますよ。信じていい」

「裏雲殿がそこまでおっしゃるなら」

紅維はぱたぱたと走っていった。

屍蛾が通り過ぎて雨が降るまでは、二の宮も動かないだろう。今は誰であれ命優先だ。

裏雲は少し休むことにした。

『あとどのくらい保つ？』

殿下の問いかけを思い出した。

一年と数十日といったところか。十年きっかりなのか、だいたいなのか。よくわからない。ただ、そのときがくればわかるのだと思う。

瀕死の鴉のような翼になるらしい。すっかりみすぼらしくなって、生きたまま焼かれる。殿下にだけは見せたくない。

この件が終わったら、二度と会わないことにする。未練たらしく雪蘭や宇春に所在を調べさせて、忘れてくれというのも滑稽な話だ。

(……私は矛盾している)

このような執着は、非道な忌み人らしくもない。相手が殿下だと一欠片の理性すらなくなるようだ。

そんなことを思いながら、うつらうつら眠る。

「裏雲」

その声に目を開く。会話などの必要がなければ宇春は子猫でいる。家に紅維がいるのにわざわざ少女の姿になったのは、大事な話があるからなのだろう。

「どうした」

「白鴉を探しにいってほしい」

驚いて裏雲は体を起こした。宇春がこういうことを頼むのは初めてだった。

「確かになかなか帰ってこないが」

実のところ、雪蘭は月帰のように自ら離れていったのではないかと思い始めていた。

「……気になる」

あれほど仲が悪かったのに、仲間意識のようなものがあったのだろうか。

「わかった。一緒に来るかい」

宇春はこくりと肯く。子猫になって懐に飛び込んできた。

殿下に食べ物と水を持っていかなければならないのだが、あの図々しさならあと一日くらい放っておいても大丈夫だろう。天令もいる。

外は黄昏だった。翼を広げるにはちょうどいい。

空へと高く上がった。一路、央湖を目指す。

黒翼仙を襲ってくる暗魅や獣はいないが、翼竜だけは気をつけなければならない。奴らは動いているものはなんでも喰らう。

剣も携えてきたが、空中戦は分が悪い。できれば使いたくない。

宇春は懐から顔を出し、地上を見下ろしていた。夜目は普通の猫以上に利く。雪蘭を探しているのだろう。

みゃあ、と宇春が身を乗り出した。

「雪蘭か？」

裏雲には、見下ろしても暗い森しか見えなかった。それでも宇春を信じて急降下する。

「こっち」

子猫は懐から飛び出し、人の姿になった。裏雲を先導する。夜の藪を駆け下りると、そこに血にまみれて倒れている若い娘がいた。

「雪蘭っ」

駆け寄り、雪蘭を胸に抱き寄せた。背中も胸もざっくりとやられている。おそらく翼竜の爪だろう。

「裏雲……馬鹿猫……」

目を開いた雪蘭が二人を見て、少しだけ笑った。

「しくじっちゃった……かっこわるいわよね」

「すまない。無理をさせてしまったようだ」

「違うわよ、わたくしが失敗しただけ……発生したばかりの屍蛾の大群を見つけて……すぐ知らせようと思って慌ててたらこのザマ。もうじきあいつら飛べるわ……危ないから、ここから離れて」

愛しい男の顔に手を伸ばすが、雪蘭の指先は届かなかった。

「ねえ……抱きしめて」

言われるまま、傷だらけの娘をしっかりと抱きしめた。

暗魅は死ねば何も残さない。雪蘭の体は薄くなり、そのまま闇に消えていった。

「……馬鹿な」

腕の中の娘はもういない。裏雲の手にはまだ雪蘭の体温が残っていた。なのに、まるで存在しなかったかのように消えてしまった。

これが暗魅。人々には恐れられているが、実は儚い存在でもある。

「裏雲……行こう」

宇春が先に立ち上がった。空を見上げる。

「奴らが近づいている。匂いがする」

猫に戻ると、裏雲の懐に入った。

雪蘭の死を嘆く猶予も与えられず、ここから逃げなければいけないようだ。雪蘭は知らなかったようだが、屍蛾の毒はおそらく裏雲には無効だ。黒翼仙に勝手に死ぬ権利はない。死刑執行のそのときまで生かされる。

裏雲は空を舞った。西の空から唸るような音が聞こえる。

「屍蛾か」

大群に追いつかれたら、死なないまでもかなり不快なことになりそうだ。裏雲は全速力で飛んだ。速さでは翼仙のほうが上だが、おそらく持久力では負ける。奴らは大山脈を越え海まで行くのだから。もしかしたら海すらも越えるのかもしれない。

とりあえず、殿下と一の宮は守らねばなるまい——飛牙のいる洞窟は進路からはぎりぎりのところで外れているが、一頭二頭、群れからはぐれる屍蛾もいるかもしれない。あのままでは逃げることもできない。食料よりもまずは都からもっと離れたところに置いたほうがいいだろう。あの山々を震わせる恐ろしい羽音を聞いているうちにそう思った。

さすがに八万の人間を殺した軍隊だ。向こうにその意思はなくとも、これは戦争なのだ。羽音が恐ろしいのだろう、懐の中で宇春が震えていた。

(この地にはまだまだ知らないことが多い)

屍蛾に追われながら、裏雲は王都に降り立つと宇春を降ろした。屍蛾の毒は暗魅にも効かないはずだが、念のため隠れているように言っておく。

「奴らが通り過ぎるまでおばあさんの家にいてくれ。無理はしないで、できる範囲でいいから彼女を守ってやってほしい」

世話になった老女だ。死なせたくない程度には情もあった。

雪蘭を失ったばかりだ、もういい。

(私にも失うものがあったらしい)

それは新鮮な発見でもあった。

五

「丸一日放っておくことはないだろ」

牢の中で飛牙が干からびていた。

「空腹はいいけど、渇くのはきついんだぞ。俺は那俞と違って人間なんだからな」

はいはいと抗議を聞き流し、裏雲は水の入った竹筒を手渡してやった。

「水〜っ」

飛牙は竹筒を受け取ると一気に飲み干した。その反った上下に動く喉を眺めながら、裏雲は牢の鍵を開けてやった。

「俺、人質終わりか？」

「元々、二の宮から保護できればそれでいい。ここに入っていては屍蛾から逃げることもできまい」

「ここには来ないだろ」

「念のためだ。一の宮側が寿白殿下を死なせたらまずいだろう」

納得したのか、飛牙は立ち上がると大きくのびをした。

「俺、別のとこに監禁？　じゃあ、この壷二の宮に返しておいてくれ」

二の宮の別邸から盗んできた壺を裏雲に差し出す。

「いいのか、これはけっこうな大金になる。そのつもりで盗んできたのだろう」

「なんか、清く正しく生きなきゃいけない気がしてさ。天が我を目指せってそういうことなのかもしれないなって思ったんだよ」

裏雲は怪訝(けげん)そうに眉(まゆ)をひそめた。

「天の言うことに従うのか」

「胡麻擂(ごます)っておいてもいいだろ。おまえと那俞の運命を握ってんだから——あ、中洗ってから返してくれ。便所代わりにしてたんで」

裏雲はぎょっとして、壺の中を見た。

「……金百枚分の価値がある壺に」

「陶器だから洗えば問題ないだろ。じゃ、行こうか。洞窟は辛気くさくていけねえや」

王太子だった頃の鷹揚(おうよう)さがこんなところに残っていてもあまり嬉しくはなかった。もっと品格ある物腰とか……詮無(せんな)いことを思ってしまう。

「二の宮のところに戻らず、王都から離れているならどこにいようとかまわない」

そんな話をしながら暗い洞窟を出た。

「おい、どうした、怪我(けが)したのか、大丈夫なのか、誰にやられた」

飛牙が裏雲の両腕を掴んだ。蒼白な顔で見つめてくる。

「ああ……これは違う。雪蘭の血だ。そうか……どこかに染みついた血だけは、残るのだな……」

名残惜しむように着物についた血の痕に触れてみた。

「雪蘭？」

「白い鴉の暗魅だった。三ヵ月ほど前から使役していた」

飛牙は首を傾げた。

「それ、もしかして、燕の王宮に来てなかったか。風呂入ってるときに、白い鴉がいたような」

「気になったものでね。雪蘭に探してもらった」

「なんだよ、それ。俺のそばにいると怖いみたいなこと言って、行ってしまったくせに、探してたのかよ」

「……気になるのは仕方ない」

飛牙に面倒くさい男を見る目で見られ、裏雲は足早に壺を持って川に向かった。

「で、白鴉はどうした」

「死んだ」

「そうか……悲しかったんだな」

そういうふうに見えただろうか。

「不思議だな。そんな情はかけていないつもりだったが」

「それが悧諒なんだよ。死んでない」

籠絡はされない。うっかり絆されるとろくなことがないのは、鍵を盗まれたことでもわかっている。

「口を縫うぞ」

飛牙は目を丸くして自分の唇を指で摘まんだ。そのことはこれ以上言わないでおく、という意味だろう。

「……なんで私が」

こんなことを。川で壺を洗いながらぼやいた。

「俺も話しておかなきゃならないことがある」

人に壺を洗わせながら何か言い始めた。

「燕で黒翼仙に出会った。秀成って男だ、知っているか」

裏雲は顔を上げた。

「いや、知らぬ。しかしめったにいない黒翼仙と、よくもそう出会えるものだな」

「だろうな。秀成はずっと隠れていたから。知識がほしくて、偶然出会った瀕死の白翼仙を殺してしまったんだと」

乾いた笑いが込み上げる。結局、黒翼仙はそういう形でしか生まれ得ないのだ。

「私よりかなりましだな。私の師匠は高齢で臥せることは多かったが、瀕死でもなんでもなかった。庚軍の兵に追われ川に落ち、死にかけていた私を助けてくれた人だ」

「なら俺にとっても恩人だな」

こういうことを言うときだけまっすぐな目をするからタチが悪い。

「それほどの恩人を殺したのだ。私に救われる価値があると思うか」

「俺にとってはあるんだよ」

裏雲はふっと息を吐いた。どうして殿下はこうも人の覚悟を次々と台無しにするのか。

「殿下……私は」

「俺が何人殺したと思ってるんだ。慶沢は俺の……寿白殿下の首になるために死んだ。趙将軍も庚軍の追跡を終わらせるために自らの首を差し出した。来瑚は泣きながら笑って央湖に入っていった。嘉文と璧曹は俺を守って殺された。迅櫂と列決は槍で」

「もういい」

「――」

「誰一人忘れてねえ。全部言わせろ。高与も泳啓も玄芭も――」

「もういいと言っているんだっ」

飛牙の腕を掴み、もうやめてくれと裏雲は頭を振った。

「それは殿下のせいではない」

「違うさ、俺が真っ先に死んでいれば誰も死んでねえんだよ。徐が復活したことで、死なせた連中には少しは詫びることができたかもしれねえ。でも、おまえからその黒い翼を引っぺがさなきゃ、終わらねえんだ。国は亘筧でも治められる。でも、おまえには俺が報いなきゃならねえんだよ」

「……充分だ。女房までいるのに何を背負う」

「おまえを諦めたら甜湘に叱られる。そういう女だ」

燕の名跡姫はなかなかの跳ねっ返りだと聞いたことがあるが、この男の何が気に入ったものやら。

「で、な、裏雲を助けたら、那兪のほうもなんとかしたい。おまえの力が必要なんだよ。一緒になんとかしてくれないか」

「……なんだそれは」

殿下の話はいつも感涙では終わらない。

「那兪を放っておけば、天下四国は滅んで大勢死ぬ。せっかく助けてもそれでおまえが死んだら意味がない」

確かにせっかく復活した徐国が天の不干渉とやらで滅亡するところは見たくない。

天令は天の一部だというのにふざけた話だ。

「だが堕ちた天令を封じる方法はある」

「あんな虫籠とか足枷とか冗談じゃねえ。天令はほとんど永遠の存在だぞ、俺らが死んだあともあいつだけは残るんだ。那俞を未来永劫縛り付けて、ひとりぼっちになんかさせられるもんか」

やれやれと呆れてしまう。徐国復活という重荷を背負わされて散々苦しんだ子供が、今度は世界を救おうとしている。本人にまったく自覚はなくともそういうことだ。

「私を助けるあてがあるのか？」

「わかんねえけど、駕国に行けばなんかわかるかも。なにしろ国超えて自分の姿を幻みたいにして送ってよこすほどの術師がいるんだから」

超高級便所壺を落としそうになった。

「月帰を連れた老人か」

「知ってるのか。月帰ってあれおまえんとこの蛇だよな」

「月帰は私からあの老人に乗り換えた」

魅力で年寄りに負けるとは……その点を考えると少しばかり情けない。気にしていたつもりはなかったが、やはりどこかで引っかかっていたらしい。

「しかし殿下のところにも姿を見せたとは、どういうことだ。やはり招待されたか？」

「されたされた。邪魔しないで入れてくれるってさ」

「罠だというのは、もちろん承知の上だろうな」

「当然だろ。いいじゃねえか、下心はお互い様なんだから」

気楽な口調で言う。拾った命ならすべては駄目で元々というところか。

「裏雲も行くんだろ。どうせなら一緒に行こうや」

「生憎、宇春が天令を苦手としていてね。暗魅には眩しすぎるのだろう」

無難に断っておく。これは事実だ。冷たく突っぱねることができないのは、結局どこかで繋がっていたいからなのだろう。何もなかったように子供の頃に戻るには、十年の歳月は重すぎた。

「そっか……みゃんは大事にしてやらなきゃな」

残念そうに言われると少し胸が痛む。

「ともかく、移動しよう。殿下はどこに行きたいのだ」

「え、俺、自由にしてていいの」

「言っただろう、二の宮のところに戻らなければいいと」

「なら、王都に行こうや。王后陛下は守らないとな。今となっては貴重な蔡王家の血縁だし、なによりあの人がいなくなったら、この国はまとまらない」

そう言って飛牙は両手を広げた。はい、しっかり抱きしめて飛んでね、ということらしい。こういうところは相も変わらず王子様気質なのだ。

「今度おかしな真似(まね)をしたら落とす」

「しないしない。仲良く空飛ぼうな」

くったくなく笑われるともやもやしているこちらが馬鹿みたいだ。

飛牙を抱えるように両腕を回し、裏雲は空へと舞い上がった。腕の中で、飛牙は歓声を上げる。

「すげえよ。遠く地平線が見える」

「耳の近くで騒ぐな」

「わりい。でも、こうして見ると天下四国ってのは、ほんと広いよな。四方を山脈に守られてさ。奇跡みたいな土地だよ。異境でも聖域みたいに思われてるんだぜ、あそこだけは侵しちゃいけないってさ」

異境からはそう見えるのだろう。

「大嫌いになって、逃げて捨てたはずなのに……なんでこんなに惹かれるんだろうな」

感極まったように、ぎゅっと首にしがみついてきた。

(可愛い子には旅をさせろ、か)

それが不干渉を装った天の意志だったのかもしれない。仮に死んだらその程度だったということ。そんなところだろうか。

「子供の頃に戻りたいか」

「全然。戻ったって、餓鬼に内戦なんて食い止められるもんじゃないだろ。裏雲は戻りたいのか」

「ああ、戻りたいよ。庚軍を食い止められなくとも、一緒に逃げることなら選択できた気がする」

……私が、殿下の首になれた。

自分の考えはどうしてこうも暗く歪んでいるのだろう。翼のなせるわざなのか。それとも生まれ落ちたときからの業なのか。

「今からだって、一緒にいられるのにな」

「もう一度言う。一の宮が玉座についたらその考えは捨てろ、いいな」

「いいぜ。餓鬼の頃は弓や駆けっこで負けてばかりいたけど、今度は俺が勝つ。一度勝ちたかったんだよな、悧諒――じゃなくて裏雲に」

「ぬかせ」

他人様の国で玉座を賭けた勝負事とは不謹慎な話だろうが、裏雲は楽しんでいた。

それでもこの禍々しい黒い翼があるうちは、どうしても飛牙の考えを受け入れることはできない。

(この翼は殿下に災いをもたらす)

殺した師匠の記憶が、そう言っているのだ。

第六章　災厄と知恵

一

王都の中まで、光となって戻ってきた。

普段ならやらないが、街はすでに屍蛾襲来に備え、静まりかえっている。出歩く者もほとんどいない。ときおり兵が走り回っているくらいだった。

中には王都から脱出した者もいるだろうが、馬でも用意できなければ安全圏まで避難するのは難しい。よってほとんどの庶民が頑張って粗末な家を内側から目張りしたようだ。

最初は民も半信半疑だったようだが、役人と軍の本気を見て考えを改めたらしい。

火事場泥棒は問答無用で処刑すると触れも出ている。

住まいを持たない者は一時的に寺院などで保護されることになった。わずか一日でここまで徹底できたのは王后の力が大きいのだろう。

那兪は両手に薬を抱え、王宮へと向かっていた。

昀景から預かってきた特効薬や解熱剤だ。これで一人でも助かってくれればいい。不干渉の掟が那兪を苦しめるが、皆が被害を減らすために苦心している中、澄ましていることなどできなかった。

いずれ大災厄を招く——それさえなければ開き直れるのだ。

「おう、来たな」

王宮の前まで来ると、飛牙が手を振って駆け寄ってきた。

「どこに行ってたんだよ、助かった」

「そなたこそ何をしておる」

壺を持ってこんなところで何をしているのか、この男は。

「それがさ、入れてくれないんだよ。王后の知り合いの飛牙ってもんだけどっていくら言っても、たわけたことを言うなって追い返されてしまって」

それはそうだろうと思う。どう見ても怪しい風体の若造だ。番兵も取り次ぐ気にもならないだろう。

「向こうも今は忙しいのだ。そんなどこの馬の骨とも知れぬ男を相手にできまい」

「しょうがないから、英雄の寿白ですって言ってみたら弓矢で射られそうになった」

「ますます怪しいわ。よかったな無事で」

兵もかまってはいられなかったのだろう。

「裏雲はどうした」

「俺を王都に置いたらどこか行っちまった。許されてないんだろうな、俺」

壺を抱きしめ、しょんぼりとする飛牙にどう説明してやればいいものかわからない。人間関係というのは非常に厄介だ。こんないい加減で雑な男でもこういうところがあるのだから。こちらは自分がこの世を滅ぼすかもしれないと悩んでいるのだ。それに比べれば、飛牙と裏雲の問題など可愛らしい痴話喧嘩に等しい。

「どちらも勝手にそう思っていじけていればよい。それよりここで待っておれ。私が王后に頼んでくる」

どんと薬を飛牙に手渡し、人目につかない場所に一旦隠れると那兪は蝶になった。

城内は毒の鱗粉が入り込まないように、懸命の作業が続いていた。それは雅を良しとする奥の陣も同じことで、侍女たちが慣れぬ大工仕事に手を焼いている。

那兪は茂みで人の姿に戻ると、そのまま王后の宮に向かった。子供が一人紛れ込んだくらいではもう騒ぎにもならない。那兪の容姿は女の子でも充分通るということもある。もちろん、髪だけは黒くしてあった。

「王后陛下は、いらっしゃいますか」

飛び込んできた子供に侍女たちが身構えたが、王后はよいよいとすぐに受け入れた。

「この子はわらわの指揮下にある者だ。気にせんでよい。少し座を外してくれるか」

その言葉に侍女たちはすぐに従った。王后と二人だけになる。

「どうした、英雄の従者殿」

「我が主も王后陛下をお守りしたいと馳せ参じて候。王宮に入れていただけないでしょうか。昿景殿から薬など預かっています」

預かってきたのは私なのだが――そうは思うものの、ここは〈主人〉をたてておく。

「昿景ということは、もしや三の宮と知り合いなのか」

「はい。入国早々に縁がありまして」

「さようか。天の配剤かもしれぬな」

王后は呟いた。それに関して異論はない。もはや偶然などでは決してありえないのだ。

「しかし世話になってばかりだな。すぐに番兵に伝えよう。奥の陣に成人男性を入れるわけにはいかないので、救護棟に詰めてもらうとするか。三の宮にも来てもらっておる」

「承知いたしました。よしなに」

那俞はすぐさまその場を離れ、救護棟に向かった。

まるで籠城して敵を迎え撃つかのような有り様だ。人はいろいろなものと戦わなければならないのだなと思う。

ならば一介の天令が、わずかばかりの手伝いくらいしてもよいのではないか。そう思うのだが……。

「那俞っ」

名を呼んだのは余暉だった。白い前掛けを身につけ、額には汗が滲んでいた。

「来てくれたんだ」

「呟景殿から薬を預かってきた。今、飛牙が運んでくる」

「ほんとに？　それは助かる。ありがとう」

素直ないい青年だ。王宮で育たなかったこともあり、くだらぬ野心が芽生えなかったのだろう。

「花南が会いたがっていたぞ」

「……うん」

余暉はこらえるように唇を噛んだ。

「でも、兄上たちもしっかり指揮を執っている。僕も王族の端くれとして頑張らなきや。寿白殿下の万分の一でも国の役にたちたい」

「寿白殿下か……」

「僕の憧れだよ」

目をきらきらさせていた。最後まで夢を壊さずにいられればよいのだが。

「余暉じゃねえか」

向こうから壺と荷物を持った飛牙がやってきた。無事に入れてもらったらしい。

「飛牙さんっ」

「ほら、これ。祖父ちゃんの薬」

包みを受け取ると、余暉は顔を綻ばせた。

「ありがたいです。すぐに持っていかなきゃ。あとで救護棟に来てください。こき使いますから」

余暉は手を振って去っていった。

「よその王宮ってのは面白いよな。文化の違いがわかりやすい」

「その壺はなんだ？」

「ああ、これ。これは——あそこ、何揉めているんだ？」

言いかけて飛牙は向かいの渡り廊下で口論をしている侍女たちを指さした。

「おおかた、一の宮と二の宮の侍女が言い争っているのだろう。男たちは一歩間違えば大事になることを弁えているので自重しているが、どうも女たちは顔を合わせる機会が多い分、ああいうことになりやすいようだ」

「二の宮の侍女がいるならちょうどいいや」

飛牙は走り出すと壺を一人の女にどんと預け、すぐに戻ってきた。

「あの壺はそなたが閉じ込められていた部屋にあったものではないか」

「どうでもいいことだ。それより、おまえ洞窟にいたとき喋ったこと、どのくらい覚えている？」

「……我を目指せ、か」

思い出すと憂鬱だった。

「どんな感覚だった？　何かに取り憑かれた感じか？」

「よくわからない。人が夢を見ている感覚に近いのかもしれない」

「じゃ、寝言なのか？」

「いや……言ったのは私ではない。もちろん呪術などで天令に憑依することはできない。私を操れるとすればそれは——」

「俺、天に話しかけられたのか」

そういうことになるのだろうか。天は堕とした天令を使ってこの男に言いたかったということか。

「天だとしたら、目指せってのはどういう意味なんだ」

「知るものか」

那俞としては腹立たしさしかない。

天はいくら呼んでも応えてはくれなかった。数千年仕えてきた天令を堕とし、呼べど叫べど相手にもしてくれなかったのだ。それなのに飛牙に話しかけるために、この体を利用した。

「天だかなんだか知らないが、けっこうやることが適当だよな。そっちは万能でもこっちは下々だっての」

「そなたが下々か」

「嫁さんや弟は偉いかもしれないけど、俺は放浪者だろ」

違いない。那俞はつられて笑っていた。

二

夜半が過ぎた。

屍蛾は本当に来るのか、半信半疑な者も多い。満月、新月、潮の満ち引きなど説明されても海すら知らない民には理解できなかっただろう。

見張り台の兵以外は皆室内に入って息を殺していた。

身分を超え、なるべくひとかたまりになっている。女子供を二重に守る形にして、男たちは庭と渡り廊下で武器を持って待機していた。その中に那兪と飛牙もいる。

その気になれば那兪は屍蛾の大襲来を確認して、知らせることができる。だが、それは間違っている気がした。確かに昡景のところから薬を預かって運んできた。だが薬を作ったのは昡景だ。燕にいたときは反乱軍の動向を見に飛んだ。だが、そのことを飛牙には話しても甜湘たちには伝えなかった。

天の力で国の盛衰だけは変えてはいけない気がした。徐国でやったことは違うのかと言われれば返す言葉もないが、それでもなんとか自分の中で線引きをするようにしていた。越には越の守護天令がいる。どこで何をしているのかは知らないが、越の行く末を見守っているだろう。

（人間の少年として王宮の人間を守ろう）

非力な手に槍を握る。

「屍蛾が見えたらすぐに室内に入るのだぞ」

飛牙にもう一度言っておいた。

「わかってる。まだ死なないからな」

とりあえず屍蛾をやり過ごせば良いのだ。明後日には一雨くる。それで地べたや家屋に付着した屍蛾の毒も洗い流され無効化されるだろう。

「王后のところに青龍玉を置いたが、屍蛾には効かないんだろ」

「効いていたら今までも王都の被害は少なかっただろう。越はあまり玉を大事にしておらぬようだから、たまにはすがってみるのもよいのではないか」

一応、天窓堂があって堂守もいたようだが、祭事は正月にやる程度らしい。天への信仰が他国より薄く感じられるのは、自然崇拝の傾向が強いからなのか。ここでは水を崇め、山を崇め、川を崇め、草木を崇め……天もその一つになっているようなところがある。

（……それもよい）

天は抽象的だ。それに比べて山も川もわかりやすく恵みをくれる。

下弦の月が夜空に浮いていた。

夜空を見上げたとき、圧のようなものを西の方角から感じた。

「これは――来る！」

同時に鐘が激しく鳴った。屍蛾を確認した兵が襲来を告げたのだ。いよいよかと、城内がどよめく。

「戦う必要はない、全員退避っ」

指揮を執っていたのは二の宮のようだった。指導力はある男だ。

「水と食糧は問題ないのだな。雨が降るまで屋外には出られぬぞ」

一の宮の声も聞こえる。

「すげえ……」

傍らで飛牙が息を吞んだ。夜空を埋めつくす黒い影が迫ってきているのが見えたのだ。羽音が幾重にも重なり、大気を震わす。

「入るぞ、ほら」

飛牙を押して、室内に入る。退避が完了したところでその戸口にも目張りをする。大の男たちも恐ろしい光景に震えていた。

「この刻限なら朝までには王都を過ぎているはずだ」

飛牙は震える余暉の肩を抱いた。

「途中の街や村にも触れは出ているはずですが……家屋があの大群の通過に持ちこたえられるかどうか」

「庶民の家はたいてい平屋だ。城よりはぶつかられることは少ないんじゃないか」

そんな話をしているうちにも、ばりばりと音が近づいてくる。大群の先頭が城に到達したらしく、硬い物にぶつかる音がする。

「でも、もう少し高いところを飛んでくれれば」

衝撃を受けるたびに、余暉は体をびくりとさせていた。

幼児ほどの大きさのある巨大な蛾が、数百万とも言われる群れをなして移動してくるのだ。低いところを飛ばざるを得ない屍蛾も少なくない。

「戸板を」

「早く押さえろ」

兵たちが声をかけあっていた。城が揺れる。奥から赤ん坊の泣き声が聞こえてきた。生後まもない二の宮の娘だろう。

皆、恐怖の一夜を過ごすことになる。

息を潜め、災厄が通り過ぎるのを待つ。何か崩れるような音がした。おそらく城壁の見張り台が倒れたのだろう。

「十四年前もこんなだったか」

飛牙に問われ、余暉はわからないと首を振った。

「小さかったからあまり覚えてない。覚えているのは、繋いでいた母の手が冷たくなっていたことだけなんだ」

「お袋さん、それで亡くなったのか」

「自分も毒にやられたのに、薬を僕に飲ませたらしい。望んで産んだ子でもなかったはずなのにな」

「なら、その命大事にしねえとな」

「うん。飛牙さんもね、もう山越えとか駄目だよ」

「……そうだな」

飛牙自身は周りにあまりにも大事にされすぎて押し潰された子供だったが、こういうときには常識的に返す。

殺せるものなら殺してみやがれ。死んでやるものか——本音はそうだろう。この旅は失い続けた者の反撃なのかもしれない。

あちこちから小さな囁きが聞こえる。こういう夜は人を近くさせるのだ。支え合い、朝を待つ。

「静かになってきた……？」

余暉が顔を上げた。

「あと少しで通り過ぎてくれるようだな」

安堵の吐息があちらこちらから漏れてくる。

鱗粉が残っているので安心はできないが、吸い込まないように濡れた手拭いで口と鼻をしっかり覆えば外に出られないこともない。

屍蛾の大群が去っていくのが音だけでわかる。すっかり羽音が聞こえなくなったところで一同から歓声があがった。

「よかった、よかった」

「これなら城での死者はないかもしれないな」

「ああ、どこも前の大襲来のような被害にはならん」

そんな会話が聞こえてきた。

だが、那侖の胸騒ぎはまだ続いていた。何か嫌なものを感じる。飛牙の手を摑み、その目を見つめた。

(気をつけろ)

視線に込めると、飛牙はわかったというように軽く肯く。幾多の修羅場をくぐってきた男だ、やはり何か感じたかもしれない。腰の曲刀に手をかけた。

「全員、濡れ手拭いで口元を覆って武器を持てっ」

飛牙が振り返って叫んだ。

「何を言っている？」

「もう奴らは通り過ぎただろう」

皆、きょとんとして飛牙を見る。王后の客人らしいということは知っているので、馬鹿にするようなことはないが信じていなかった。

「ほら、夜も明けて――」

一人の兵が戸板を一枚外そうとしたときだった。

外からばさばさと音がした。屍蛾とは違い、大きな鳥の羽ばたきに近いような音だった。この音は聞いたことがある。

「戸板を外すな、翼竜だっ」

那兪が叫んだが、間に合わなかった。

外されかけ、防御が薄くなった部分を狙い澄ましたかのように、外側から何かが体当たりしてきた。

「うわあ逃げろっ」

「翼竜？　あれが」

夜明けの空に数十頭ほどの翼竜が浮かんでいた。

「なんでおまえらがっ」

一頭飛び込んできた翼竜を、気合もろとも飛牙が叩き斬る。

「戦える奴だけついてこい、手拭い顔に巻いてからな」

飛牙は曲刀を構えそのまま飛び出していった。那兪も槍を握ると、飛牙に続いた。

翼竜は明らかに人を餌にしようと狙っている。戦闘態勢に入っている翼竜の目は赤い。戦わざるを得ない。

「そなたこそ口元も隠さず」

「そんな暇ねえだろ——でええいっ」

答えながら襲ってきた暗魅を真っ二つにした。返り血は浴びるが、翼竜の死体はすぐに消えていく。

「央湖近辺から遠出することのない翼竜が何故」

那兪も槍で翼竜を突こうとするが、うまくいかない。

「おまえは隠れてろ」

「どうせ私は死なない。奴らも天令は襲ってこないのだ」

「なら、あの光で――」

「それはできない」

那兪はすぐさま拒否した。人として戦いたかった。光を使えば翼竜の目を潰すことはできるかもしれないが、間違いなく天の怒りに触れる。庚で処刑されそうになっていた連中を救おうとした飛牙を逃がすために光を放ったのが堕天になった最大の原因だろう。天の力を衆目に晒したからだ。これ以上、天が遠ざかれば大災厄を招く日が近づいてしまうのだ。

「だったら中に入って盾になってくれ。女子供のいる奥まで突破されればまずいことになる」

「……わかった」

確かにもっとも効果的な天令の使い方かもしれない。ただそこにいるだけで何もしなくていいのだから、干渉にすら当たらない。

飛牙と数名の兵士が懸命に翼竜と戦っていた。一人の兵士ののど笛に翼竜が喰らいつく。飛牙が急いで助けに入ったが、兵士は絶命していた。

「くそっ」

飛牙は吐き捨てると再び襲いかかってくる翼竜に挑む。

「お待ちください、二の宮様いけません」

二の宮も弓矢を持って飛び出してきた。それを配下が止める。

「私が統治する、私の国だ。この手で護る」

二の宮は制止を振り切り、矢を放った。見事に翼竜の目を射貫く。

（ここの盾は……私でなくてもいい）

那兪は戦いたかった。このままの姿で飛牙を守りたかった。

「王后陛下、いらっしゃいますか。青龍玉です。玉に翼竜は近寄れません。皆は王后陛下の周りにいてください。余暉、そなたもだ」

那兪は剣を握り震えていた余暉を押し戻した。

「でも、僕も……兄上だって、戦っているのに」

「そなたは治療する人間だ。傷ついた兵士の命を守れ。よいか、戸を閉めろ。片付くまで開けてはならん」

「は……はい」

納得してくれたようだ。おそらく那命を子供だとはもう思っていないだろう。

(それにしても、玉のある王都が何故翼竜に襲われるのか)

屍蛾は通過しているだけで襲っているわけではない。しかし、翼竜は人をも喰らう暗魅、玉には近寄らないのが通例だ。

徐国……当時はまだ庚国か、王都が飢骨(きこつ)に襲われたことがあった。あのとき飢骨は呼び寄せられたのだ、黒翼仙(こくよくせん)に。

「飛牙、これは裏雲の仕業ではないのか」

疲れて息が上がり始めていた飛牙が怒りの形相で振り返った。

「違うっ」

「だが、こんなことができるのは」

「やる理由がねえ、あいつをいかれた魔物みたいに言うな」

翼竜を斬り捨てながら言い切る。

確かに飢骨を招いたときは、庚を滅ぼすという目的があった。今回、そんなものはないだろう。

「どなたか、陛下を。人が足りぬのだ」

剣を持った一の宮が駆けてきた。

一の宮は王の宮を守っていたのだ。子供返りを起こしている陛下を移送させるのが難しく、そこには別部隊が守りに入っていた。

「減ってきたと思ったら、向こうが狙われたか」

飛牙が王の宮に駆けつける。

宮の形状が見えないほどの翼竜が覆いつくしていた。爪(つめ)で壁を割ろうとしている。いったい何頭いるのか。

「父上を――うわあ」

怪我(けが)と疲れで動きが鈍った一の宮を、翼竜が襲う。飛牙の位置からでは間に合わない。

そのとき、矢が放たれ翼竜の翼を射貫いた。一の宮を救ったのは二の宮だった。

「汀洲(ていしゅう)……！」

「動けなくなったら下がれ……うっ」

最後まで言い終えることもできず、二の宮が倒れた。近くにいた兵が慌てて駆け寄る。

「二の宮様は毒にやられたようです」

鼻と口を押さえていた手拭いが外れていた。呼吸は荒く、顔が赤い。

「奥に運べ。おまえたちは殿下たちを守れ」

飛牙が兵たちに命令する。なかなかの兄弟愛を見せてくれた一の宮二の宮だったが、ここで退場だった。

「戦える兵が少ないな」

飛牙は目に落ちてくる血を手で拭った。

「王様は諦めたほうがよいのではないか。玉があり私がいれば向こうなら守りきれる」

那兪は最善と思われることを言う。

「城を襲われ王様を見捨てたとあっちゃ、国の格に傷がつく。弓をくれ」

王宮に張り付く翼竜を、離れたところから射貫くことにしたらしい。ただし、翼竜の皮は硬く、手傷を負わせられても仕留めるまでいかない。傷の程度によっては襲い続ける。

「他国の格まで心配してやるとはな」

「国や王様ってのは、みんなでおだてて守ってやらなきゃ駄目なんだよ。俺みたいなことになる前にな」

私のために死ぬなと泣き叫ぶことになってからでは、遅いということだ。

「あいつら広げた羽のところが薄いんだよ。そこを狙うから、落ちてきたところを槍でとどめ刺してくれ」

「わかった」

承知したものの、未だ戦っているのは二人だけだ。越の兵も果敢に応戦したが、飛んでくる相手では勝手も悪く、皆力尽きていた。

「……痛えな」

肩のあたりからも血が流れていた。異境帰りの飛牙もそろそろ限界に近い。孤軍奮闘もここまでのようだ。

後ろからガンとぶつかられてよろめく。とっさに弓を捨て曲刀を握り、見事な太刀筋で翼竜の首を斬り落とした。

「私から離れるな」

飛牙と背中合わせになって那兪は槍を構える。少年の那兪では翼竜に手傷を負わせるくらいで精一杯だった。

背中にぬめりとした感覚があった。振り返ったとき、同時に飛牙がうつぶせに倒れた。

「飛牙っ」

背中をざっくり裂かれていた。翼竜の爪にやられたのだ。移動させなければと思うが、非力な少年にはこれもきつい。今すぐ手当てしないと、飛牙は死んでしまうというのに。

王の宮が音をたてて崩れ始めた。翼竜に壁を突き破られたのか。取り囲んでいた翼竜の群れが一旦舞い上がる。一頭の翼竜がこちらに気付き、急降下してきた。

「来るなっ」

とっさに那俞は倒れたままの飛牙に覆い被さった。

そのとき小動物らしきものが駆けてきて、思い切り跳ねた。翼竜の悲鳴が上がる。顔を上げるとそこに猫がいた。

「……みゃん？」

天令を見ると猫はふーっと威嚇した。

目をひっかかれた翼竜が再度襲いかかってこようとしたとき、今度は人影が現れ、見事な槍さばきで翼竜の喉を串刺しにした。返り血を撒き散らし、翼竜は消えていく。

「殿下っ」

裏雲は深手を負った飛牙を抱き起こした。

「よう……助けにきてくれたんだ」

飛牙がうっすら目蓋を上げた。

「一の宮に頼まれ王についていたのだ。こんなことになっているなら、もっと早く王など捨てて出てくれればよかった」

裏雲は悔しそうに飛牙を胸に抱きしめる。飛牙は少し笑った。

「なっ、こいつじゃねえって言ったろ」

「そうだな。すまぬ」

那俞は疑ったことを素直に謝った。

「たぶん、ほらあの爺（じじい）じゃねえか……越の王様をぼんくらとか言ってたろ」

「月帰（げっき）といた老人か……」

ありうると裏雲も肯いた。

しかし、それは大変なことだ。駕（が）国で高い地位にあるかもしれぬ者が、他国の王城を攻めたに等しい。

天下四国（てんげしこく）はどうなるのか。天が愛した四つの国は。

「逃げるとしよう」

裏雲はあっさり言った。

「私が殿下を抱いて飛ぶ。あとは越のことは越に任せるとしよう」

一の宮についていたはずの裏雲が簡単に切り捨てにかかった。

この者には決して曲げられない優先順位がある。今、腕の中で血まみれになっている男こそが、何ものにも代えがたい至高の存在というわけだ。

「……駄目だ」

飛牙が裏雲を押しのけ、立ち上がりかける。弾みでまた背中から血があふれ出した。

「ここの連中を置いて逃げたら、〈英雄様〉の名が泣くってもんだろ。生かしてくれた奴らにも申し訳がたたねえんだよ」

曲刀を構え、せいぜいふてぶてしく笑ってみせようとした飛牙だが、目を回してすぐにその場に片膝(かたひざ)をつく。

（結局……まだ背負っているのだな）

本人は認めないだろうが、異境から戻ってきたのもそういうことだ。

「だが、急がないと殿下が死ぬ。私一人であの数の翼竜を瞬殺できると思うか。おそらく私が飢骨に使った術と同じだろう。ならば玉に守られ籠城していれば、そのうち翼竜にかけられた術も消えよう。城内も全滅まではいくまい」

裏雲の言うとおりだった。飛牙は充分戦った。だが、ここで逃げればこの男の傷になる。決して癒(い)えない傷を持つ者には、致命傷となるのだ。

（私は、何があってもへらへら笑う飛牙が好きだ）

翼竜が群れてこちらに向かってくる。もはや猶予はなかった。那兪は飛牙と裏雲の前に立ちはだかると、両手を高く掲げた。

「目を閉じろっ」

天令は光を放った。翼竜の悲鳴が重なる。

神々しいのか、禍々しいのか判然としない白光は、すべての翼竜の目を焼いた。

空をつんざく声を上げ、翼竜は西へと逃げ帰っていった。

憐れむような目で裏雲がこちらを見ていた。倒れたままの飛牙が、悔しそうに拳で地面を叩いている。

（……やってしまった）

翼竜にではなく、おのれにこそ、とどめを刺してしまったのだ。

那兪は疲れた顔で振り返った。

「早くその馬鹿に手当てを」

見上げれば、天が開いていた。

三

不幸中の幸いは、翼竜が狙ったのは王城だけだったということだ。王都にも他の集落にも影響はなかった。事前の準備が功を奏して、屍蛾による被害も少なかった。

襲来の翌々日には雨も降り、屍蛾の毒は無効化されていった。荒れ果てた城は大急ぎで修復されている。同時に、多数の死傷者を出した城内は鎮魂の空気に覆われてもいた。

「殿下っ、目をお開けくださいませ、殿下」

女の泣き叫ぶ声が聞こえてきて、裏雲は小さく吐息を漏らした。あれは二の宮の妻だ。どうやら二の宮が息を引き取ったらしい。

三の宮は屍蛾の毒に冒された二の宮に薬を使おうとしたが、折悪しく、せがれの里郎も毒を吸って倒れた。

『私はあとでよい……里郎を助けよ』

二の宮はそう命じた。

かき集められた薬を使い、遅れて服薬した二の宮だったが、翼竜との戦いで傷を負っていたため回復せず、ゆうべから危篤状態にあった。

聡明だが、奸計に長け情が薄いと言われていた二の宮が、我が子と城を守り死んでいったのだ。人は一面だけの存在ではない。

「ちちうえぇ、ちちうぇ……」

幼子の泣き声が聞こえてきて、裏雲はその場を立ち去った。

これで一の宮が王位につくことになる。賭けには勝った。だが……嬉しくはない。

裏雲は救護棟に向かった。そろそろ飛牙が意識を戻してもよい頃だ。医者に助かるとは聞いていたが、それでもこの目で確かめなければ気が済まないのだ。

なにやらまた救国の英雄様になっているらしく、個室を与えられていた。ごった返す救護棟の奥へと向かう。

「よかった……本当によかったです。この国は飛牙さんに救ってもらいました」

病室から声がした。どうやら三の宮が来ているらしい。感激して涙声になっている。

「……俺じゃねえよ」

飛牙の声が答える。まだどこか息が抜けるようなかすれ声だが、意識を戻して話せるまでにはなったらしい。

救ったのは俺じゃない――そう答える胸の内にはあの天令がいるのだろう。

「王様は無事か」

「はい、寝台の下に地下空間がありまして、そこに。言うことを聞かなかったから か、縛られてましたけど。怪我はないんですが、恐ろしかったようでまた寝込んでます」

一の宮に任されたものの、あの王様には手を焼かされた。あの襲撃のさなか出ていこうとするのだから面倒になって、気を失わせ地下の空間に閉じ込めたのだ。そうしなかったら宮が崩れたとき下敷きになっていただろう。

「……一の宮のとこの色男が、守ってくれたんだろうよ」

が。

「そうらしいです」

それは一の宮にも感謝された。裏雲は早く飛牙を助けに行きたかっただけなのだ
「二の宮様が危険な状態です。見舞いに行って参ります」

この三男坊には、まだ二の宮の訃報は届いていないらしい。出ていく三の宮を見送り、裏雲は部屋に入った。

「目覚めたようだな」

飛牙は裸でうつぶせになっていた。背中の傷には布が貼り付けられている。

「よう」

まだかなり痛むだろうに笑ってみせる。

「にしても間違いなく屍蛾の毒を吸っただろうに、そちらのほうは大丈夫なのか」

「毒に耐性があったのかもな」

暗魅は数百もの種類があると聞く。もちろん謎は多く、正確な数はわからないだろう。似た種類の毒もあるのではないか。大山脈を往復した男だ。見た目は軽くとも文字どおり清濁併せ呑んできたのだ。

「命冥加な」

「世話になったな。また助けられた」

「礼ならあの天令に言え」

「でも……那兪は」

天令がどうなったかまでは、辛うじて意識が残っていたようだ。

「天に帰ったようだな」

「許されたようには見えなかった」

飛牙は寝具を握りしめた。

「そうだな」

空から三本の白い柱が降りてきて、あの少年は連れていかれた。最後の表情を見て、それを察したのだ。あれは回収だった。

「しかし、大災厄を引き起こすよりはよかろう」

「どんな目に遭うかわからねえ」

寿白殿下を助けたところから始まり、越国の存亡にまで関わった。あの天令の存在が未来を変えている。天の内部の戒律など翼仙でも知らないが、下手をすれば向こうで処分ということもあるのかもしれない。

「だとしても、あの少年も地上に残って大災厄を引き起こすよりは、ましだと思っているのではないか」

「俺にとっちゃ全然ましじゃねえんだよっ」

体を反らして怒鳴ってから、顔を枕に埋めて痛みに耐える。

「傷口が開くぞ」

「……どうすりゃいい。取られちまった。天にあいつを取られちまった」

泣いているようにも聞こえるのは痛みのせいではないのだろう。

「天が相手では手が出せまい。どうせ当分動けないのだ。黙って休め。あと一月もすれば駕国への山道は雪が降る。春までここにいるしかなかろう」

下手な慰めはしなかった。裏雲はそのまま部屋を出ていく。

(欲張りな奴だ)

――どうすれば民は飢えない？

――どうすれば暗魅から守れる？

――どうすれば父上は喜んでくれる？

あの頃と変わっていない。軽薄なすれっからしに見せておいて、とんだ食わせ者だ。

(そして私も子供の頃、こう思い続けていたのだ)

――どうすれば殿下を守れる？

――どうすれば殿下の国を護れる？

――どうすれば殿下と……。

思い出せばきりがない。

救護棟を出ると、一の宮が動ける者たちを集めていた。ぞくぞくと王宮の庭に集まり、次の王の言葉に耳を傾けようとしている。

二の宮が死に、悟富王が再び動けなくなり、今度こそ快復の見込みはないだろう。この国には正式な指導者が必要だ。

台の上には一の宮の傍らに王后と三の宮もいた。中立を保ち続けた王后も動かざるを得ない。影の王が王后だとしても、女であり、他国の出である以上、影に徹しなければならないのだ。三の宮を知る者は少ないだろうが、この機会に紹介しておくつもりなのか。

「皆の者、聞いてくれ」

周りには大工仕事で参加している市井の者も多い。一の宮は彼らを外す気もないらしい。まだ翼竜にやられた傷に包帯を巻いていた。

「城の修復ご苦労である。皆のおかげでこの国は屍蛾と翼竜に続けざまに襲われるという苦難を乗り切ることができたのだ」

労をねぎらうところから始めるあたり一の宮らしい。

「残念だが悲しい報せをせねばならない。我が兄弟汀洲殿下は勇猛果敢に城を守り、命を落とした」

まだ知らなかった者たちが驚きの声を上げた。

「殿下のその勇気、武功は越の誇りである」

まずは二の宮を褒め称える。いくら持ち上げても宿敵はもういない。誰も異は唱えないだろう。後ろで壁にもたれながら演説を聴く裏雲は少しばかり白けていた。こういう形で賭けに勝って喜べるほど、自分はまだ下衆ではなかったらしい。

「さて、我が父は一命こそとりとめたものの、動くこともできず口もきけない状態にある。私は王后陛下と話し合い、先ほど今後のことを決めたところだ。この国には決断できる若き王が必要だと思う」

いよいよ本題に入ったようだ。

「私と王后陛下は悟富王に続く第十五代越国王に我が弟、余暉殿下を推挙する」

どよめきが起こった。裏雲もこれには驚いた。

王后の隣にいる三の宮は今にも倒れそうだった。それでも歯を食いしばってこの場にいるということはこの短い時間に話し合いに加わり了承したということだろう。

「どういうことです、納得できませぬぞ」

王宮長陳学兵が前方へ飛び出してきた。

「控えよ」

一の宮は台の上に上ってこようとした伯父を厳しく叱責した。もはや陳の言うことを聞く気はないらしい。

「皆も知ってのとおり、私と汀洲殿下は熾烈な王位継承の争いをしてきた。そのため国を二分させ、近年では広く民にまで迷惑をかけてしまった。ここで私が玉座につけば遺恨が残る。争いの種はもういらぬ。それには王の子でありながら今までいっさい表に出ることのなかった、この余暉殿下に王位を継承してもらうのが、もっとも良いことだと考える。王后陛下も同じお考えである」

王后はそのとおりと大きく肯いた。

「余暉殿下は十四年前の屍蛾大襲来で、ご生母を亡くされた。そのため王宮を離れ、薬師の祖父の元で修業していたのである。それもこれも民を守りたいという想いゆえ。国政については学ばねばならないことも多いが、人品に間違いはないこと、わらわが証言いたす。では余暉殿下、お考えを皆に伝えてくだされ」

三の宮は蒼白な顔で一歩前に出る。深呼吸をしてから、ゆっくりと語り始めた。

「私としては兄上たちのどちらかが王位につくのが筋であると思っていました。しかし、二の宮兄上は亡くなり、一の宮兄上はなんとしても遺恨を断ち切りたいとおっしゃいます。ならば、二の宮兄上のご子息里郎殿下が即位なさるべきであると私は進言しました。ですが、里郎殿下は未だ御年六つ。さすがに早すぎようとの王后陛下のご意見はもっともなことであります。徐国の亘寛陛下はこの春九つで即位なさいました。それで私が三年か四年の間王位につき、後に里郎殿下に譲位するということでこのお話、お受けいたすこととします。同時に里郎殿下と一の宮兄上のご息女景姫（けいひめ）とのご婚約、そして里郎殿下のあと、十七代越国王はお二方の嫡男ということをここで宣言し、長きにわたった跡目の問題、争いに終止符を打ちたいと願っております。どうかご理解いただきたい」

やっとの思いで語り終えると三の宮は凜（りん）として皆に目をやった。この短い時間で気弱な若造なりに腹をくくったらしい。

「余暉殿下の即位と同じくして、私が丞相（じょうしょう）となり、王后陛下が国王補佐としてお支えすることとなる。余暉殿下は王としての務めを果たした後、王宮を離れ再び薬師として生きたいとおっしゃっている。その意志、尊重したいと思う。国王陛下のお加減をみながらいずれ天令をお呼びして即位することとなる。これは決定である。私を支えてくれた者たちにはすまないと思う。しかし、私は生きている。翼竜に襲われた私が生きているのは汀洲殿下に救われたからだ。見捨てることもできたのだ。この宣言をもって三十三年に及んだ確執の手打ちとしたい」

どこからともなく拍手が起こり、大歓声となる。締めとなった一の宮の演説はそれほどの感動を皆に与えた。陳も黙るしかない。紅維（こうい）も黙ってうなだれていた。

（……賭けにも負けたか）

一の宮が王位につかないならそういうことだ。まさかの伏兵には考えが及ばなかった。潔い決着を選んだ彼らに今は賛辞を送ろう。

まったく、この世は読めない。そこが面白い。

忌み人の分際で、まだ生きたいと思った。


「えーっ、王様やるのか？」

少しだけ体を起こせるようになった飛牙が、驚きの声を上げた。

「はい……ふつつか者ですが、そういうことに」

余暉は申し訳なさそうに答えた。

「めんどくさいぞ、あれ」

「ですよね。でも、僕繋ぎみたいなもので、王様をしている間、薬学院で勉強できることになったんです。至らないところは兄上と王后陛下が補ってくれますので、名目上みたいなものです。それでも若い王がいるといないとでは、まったく違うと言われました」

同じ部屋で窓辺に佇(たたず)んで、裏雲は黙って話を聞いていた。元王様とこれから王様になる者の興味深い会話だ。

「しかし、一の宮もよく決断したものだな」

「兄上は以前から、王は二の宮兄上のほうが向いていると思っていたようです。ただ、それを言い出せず、いたずらに争いを招いてしまったことを悔やんでいます。これは兄上の贖罪なのでしょう」

贖罪などという発想をしているようでは、確かに一の宮はあまり王にふさわしくない。王というものは多少厚かましくなくてはならない。

「あの二の宮が息子を守って死ぬとはな」

監禁されていた飛牙からすれば不思議だっただろう。

「僕の母と同じです……里郎様がもう少し大きくなるまで王になることを承諾したのは、それがあってのことでした」

「そっか……でも、田舎の彼女はどうするんだ」

「王様を引退するまで待ってもらおうと思ってます。即位の前に村に戻って話してきます。祖父ちゃんにも会いたいし」

「元王様、村に帰る……か。村の連中もやりにくいだろうな」

「でも元王様はもう王様じゃありません。ですよね、寿白殿下」

三の宮はにっこりと笑った。

「……知ってるのかよ」

嫌そうな顔の飛牙を見るのは、なかなか愉快だった。

「はい。昨日王后陛下に教えていただきました。兄上と私は知っておくべきだろうとおっしゃって。あ、裏雲さんも徐国の方でご存じなんですよね」

ちらりとこちらを窺ったので、小さく肯いておいた。

「言わなくてもいいのにな」

「徐国の方々にはお世話になりました。飛牙さんがあの英雄の寿白殿下だったなんて。思っていたのと全然違うけど、屍蛾の毒から、翼竜の襲撃から、命がけで守っていただきました。本当に英雄の寿白殿下なんですね」

憧れの人を見る青年の目は輝いていた。

「英雄も殿下もいらねえよ。ただの放浪者なんだよ」

「僕も早くただの村の薬師になりたいです」

玉座を争う者もいれば辞めたがる者もいる。

「あの、那兪はどうしたんですか。あれから見かけなくて」

「あ……ちょっと用事で家に帰った」

「そうなんですか。お礼を言いたかったな。でも、あのときは大変でしたよね。まさか翼竜まで襲ってくるなんて誰も思わないから。どうして翼竜が」

「そういうこともあるってことだろ。気をつけるに越したこたあない」

「そういえば、徐国、いえそのときはまだ庚でしたか、飢骨が王都を襲っているんですよね。絶対の安全はないってことなんでしょうね」

三の宮は、大変だとばかりに溜め息を漏らした。

飢骨を王都に呼び込んで惨事を招いた張本人がここにいるのを、この王子は知らない。

「翼竜を蹴散らした光はなんだったんでしょうか」

建物内に隠れていても、光は隙間から見えていたようだ。

「たぶん、雷だろ」

「雷かあ、前にも城に落ちたみたいだし、そうなのかな。音のない雷もあるんですね」

そうそう、と飛牙は肯く。

「じゃあ、那兪によろしく伝えてください。僕、ずいぶん励まされたんで。あの……ところで寿白殿下にお願いがあるんです」

「寿白殿下じゃなくて飛牙としてなら聞く。なんだ?」

「はい、どっちでも。あの僕と義兄弟になっていただけないでしょうか」

これには裏雲が目を剝いた。

「義兄弟? ああ、聞いたことあったな。越だとそういうの多いんだっけ」

「はい、この国では多くの人が義兄弟の契りを結びます」

「わかった、わかった。どうすんだ。杯交わすんだっけ？　俺、今は酒呑むなって医者に言われてるんだけど」

「第三者の立ち会いがあれば、それだけでも大丈夫です。裏雲さんよろしいですよね」

邪気のない笑顔で言われ、翼の根元がひりついた気がした。

「……お好きに」

せいぜい冷ややかに言ったつもりだが、三の宮にはなんの効果もなかったようだ。

「宣誓します。これで僕と飛牙さんは、義兄弟です。——嬉しいな、英雄と契りを結べたなんて」

三の宮は舞い上がった。飛牙が怪我をしていなければ抱きしめていたのかもしれない。

「お加減はいかがかな、英雄殿」

新たに部屋に入ってきたのは王后だった。

「よ、おばちゃんこそ体は大丈夫かい」

ついに王后をおばちゃん呼ばわりした。確かに大叔母ではあるので、あながち間違いではないが。

「この歳になって、あんなことがあるとはな。人生、最後まで油断できぬわ」

「まだまだやること山積みだろ。当分、影の王様だろうし」

「そこは一の宮とこの三の宮になるべく任せるつもりよ。婆がいつまでも口出ししても良いことはなかろう。わらわは二の宮が残した息子の教育のほうに目を向けねば。あと三、四年で王様にせねばならんのだから猶予はあるまい。二の宮の女房はいささか過保護にしていたようだからな。うるさい姑になってやろうかと思うておる」

王后は人の悪い笑みを見せた。

「誰にも反論の余地を与えないために、三人揃ってみんなの前で宣言しちまったんだろ」

「そういうことだ。寿白殿下のやり口を真似させてもらったわ」

親戚同士で高笑いした。

「そなたには本当になんと礼を言ってよいかわからぬ。裏雲殿だったか、よくぞ陛下を助けてくれた。城を暗魅に襲われ、王が殺されたなどとあっては国の威信にかかわる。王にはちゃんと病死してもらわねば。これは少ないが礼だ。受け取ってくれるか」

王后は金子の入った巾着袋を裏雲に差し出した。

「いただきます。いくらあっても困りませんから」

「それでよい。王宮で見聞きしたことは内密に頼むぞ」

「御意」

受け取った金を懐にしまった。

「小さな従者殿にも礼を言いたかったが、無事ならまた機会もあろう。さて、暗くなってきた。英雄殿に休んでもらわねばならぬ。参ろうぞ、三の宮」

王后がそう言うと三の宮も、はい、と立ち上がった。

「明かりを入れますね。ではこれにて失礼します。裏雲さん、僕の義兄弟をよろしくお願いします」

行灯（あんどん）に明かりを入れると、三の宮は頭を下げ、王后のあとに続いて部屋を出ていった。

二人だけになると裏雲は対外用にわずかばかり残していた微笑（ほほえ）みを消した。込み上げてくる怒りを辛うじてこらえる。

「入れ替わり立ち替わり人が来るから、ちょっと疲れたな。しかし義兄弟なんて、別に立ち会ってもらって宣誓するほどのものでもないだろうに」

飛牙はのんきに見舞いの梨（なし）を口に放り込んだ。

「……何故、私が立ち会わなきゃならない」

殺気の籠（こ）もった声に飛牙も気付いたようだった。

「え、怒ってる？」

「僕の義兄弟をよろしく？　何故あいつに殿下をよろしくされなきゃならない」

「いや、ただの言葉のあやだろ」

異境でいろいろ学んだのかもしれないが、隣国に関する知識は足りなかったようだ。

「この国で義兄弟というのは普通の兄弟よりも重い。互いに何かあれば命をかけて助け合わなければならない存在だ。はっきり言って婚姻より重要視されている」

武人同士の絆（きずな）を重んじた始祖王曹永道（そうえいどう）からの決めごとだ。

「え？　そうなのか」

「王の義兄弟となれば、ここでも殿下と呼ばれることになる。燕でも姫の夫で殿下だったな。いくつの国で殿下になる気だ」

飛牙は笑って頭を掻（か）いた。

「王様も殿下もやめたはずなんだがな。まあ、仕方ない。これも縁だろ」

すべてを縁で片付ける気か。育ちの良さゆえの鷹揚（おうよう）——などと思える気分ではない。節操がないのだ、この男は。

「これからどうする気だ」

「那兪が気になるが、天に行けるわけじゃねえ。なら駕国に行くさ。な、一緒に行こうや」

無意識なのかもしれないが、こんなときだけ少し幼い表情になる。

「殿下のその怪我では当分動けまい。治った頃には冬だ。北への旅路は無理というもの。春になってからゆっくり行けばよい。私は一足先に行く」

「俺のこと……そんなに嫌いか」

頭に来て飛牙の耳を引っ張った。ここなら怪我に障りはないだろう。

「どこでそんな手練手管を覚えた？　なんだ、その顔は。間男だか種馬だかヒモだか知らないが、私にそんな手が通用すると思うな」

「その顔ってなんだよ。いて、ひでえこと言うな、こら」

飛牙にぐいと手を摑まれ、むくれた顔で見つめられた。

「どんな恥知らずのくそったれだと思われていてもいい。だが、賭けは俺が勝った。おまえのことは諦めねえ、その翼必ず引っぺがす、わかったか」

真摯な眼差しに絆されそうになる。たぶん、その気持ちに嘘はないのだ。わかっていても受け入れられない。

（……ふさわしくない）

まだ広げてもいないのに今も翼が焼かれているような感覚がある。

「勝手にしろ」

未来の女王たる妻も、近く王に即位する義兄弟も、守護神のような天令も、殿下にふさわしい存在だ。そうではないのはただ一人……。

裏雲は大きく窓を開けた。

外はすっかり暗くなっている。今宵は新月、屍蛾の群れは海に着いただろうか。彼らは天に縛られない希有な暗魅だ。

窓枠に足をかけ、飛び立つ。

「裏雲っ」

その声に振り返ることなく、裏雲は翼を広げ空へと舞い上がった。

もうその身に玉もなく天令もいない。か弱き英雄を、忌み人ごときがどうして巻き込めるだろうか。

四

突き抜けるように高い秋の空があった。

夏よりも濃く、旅に誘う。

「何故、飛ばない」

傍らの少女は少し不満そうだった。

「歩きたかった。つきあってくれ」

裏雲は猫娘を従え、北を目指していた。北の山は色づき始めている。

「二本脚は効率が悪い」

「まあ、そうだな、安定感もない。猫は正しいよ」

「そうだ」

そんな話をしながら一歩一歩、歩く。

無口な宇春が猫の形にも戻らず、頑張って話そうとしてくれている。おそらくこの子も淋しいのだ。雪蘭も月帰もいない。

「私は長くはない。以前と違って、気持ちも未練がましく揺れてばかりだ。一緒にいてもつまらないだろう。宇春も好きに生きてよい」

ぶれた黒翼仙の毒など、もはや甘くもないだろう。

「……好きに生きてる」

ぼそりと答えられ、少し驚いた。

「間男も、好きに生きてる」

飛牙のことらしい。もしかしたらそれが名前か何かだと思っているのかもしれない。

「確かに、殿下は自由だ」

「だから、気にするな。間男は好きで裏雲を助けたいだけだ」

思わず立ち止まった。

暗魅に諭(さと)されたのだ。殿下の気持ちを受け入れていいのだと。知能のある暗魅でも基本の感情は〈むかつく〉と〈美味(おい)しい〉くらいのものだろう。いかに相手が主人でも、人の気持ちを推(お)し量(はか)るなどという芸当はできないはずだ。

「宇春は長く私と居すぎたようだな」

「もっと一緒にいる。だから間男に助けてもらえ」

無愛想な少女は、あっけにとられる主人をおいて先を歩いた。

「歩け、おいてゆくぞ」

少女は一度だけ振り返って、主人に命じた。

(おいていかれたくは……ないな)

まだ、この少女が必要だった。

(殿下……)

いずれ駕国で会うことになるのだろう。天下四国きってのうさんくさい国だ。殿下が来る前に軽く露払いができればいいが。

会いたい会いたくない会いたい――我ながら、どこかの小娘のようだ。

もし許されるなら……黒い翼が消えるなら、そのときはもう一度徐国の城壁に上り、国の行く末など語り合ってみたいものだ。

「……許されるなら」

堕ちた天令を回収する程度に地上の様子を見ていたというなら、この呟きも天に聞こえるだろうか。

期待しない癖がついた黒翼仙は、笑っていた。

●この作品は、二〇一七年十一月に、講談社X文庫ホワイトハートとして刊行されたものです。

|著者| 中村ふみ　秋田県生まれ。『裏閻魔』で第１回ゴールデン・エレファント賞大賞を受賞し、デビュー。他の著作に『陰陽師と無慈悲なあやかし』、『なぞとき紙芝居』、「夜見師」シリーズ、『天空の翼　地上の星』『砂の城　風の姫』など。現在も秋田県在住。

月の都　海の果て

中村ふみ

講談社文庫
定価はカバーに
表示してあります

2020年６月11日第１刷発行

発行者――渡瀬昌彦
発行所――株式会社　講談社
東京都文京区音羽2-12-21　〒112-8001
電話　出版（03）5395-3510
　　　販売（03）5395-5817
　　　業務（03）5395-3615

デザイン―菊地信義
本文データ制作―講談社デジタル製作
印刷―――豊国印刷株式会社
製本―――株式会社国宝社

Printed in Japan

ISBN978-4-06-519662-5

講談社文庫刊行の辞

二十一世紀の到来を目睫に望みながら、われわれはいま、人類史上かつて例を見ない巨大な転換期をむかえようとしている。

世界も、日本も、激動の予兆に対する期待とおののきを内に蔵して、未知の時代に歩み入ろうとしている。このときにあたり、創業の人野間清治の「ナショナル・エデュケイター」への志を現代に甦らせようと意図して、われわれはここに古今の文芸作品はいうまでもなく、ひろく人文・社会・自然の諸科学から東西の名著を網羅する、新しい綜合文庫の発刊を決意した。

激動の転換期はまた断絶の時代である。われわれは戦後二十五年間の出版文化のありかたへの深い反省をこめて、この断絶の時代にあえて人間的な持続を求めようとする。いたずらに浮薄な商業主義のあだ花を追い求めることなく、長期にわたって良書に生命をあたえようとつとめるところにしか、今後の出版文化の真の繁栄はあり得ないと信じるからである。

同時にわれわれはこの綜合文庫の刊行を通じて、人文・社会・自然の諸科学が、結局人間の学にほかならないことを立証しようと願っている。かつて知識とは、「汝自身を知る」ことにつきていた。現代社会の瑣末な情報の氾濫のなかから、力強い知識の源泉を掘り起し、技術文明のただなかに、生きた人間の姿を復活させること。それこそわれわれの切なる希求である。

われわれは権威に盲従せず、俗流に媚びることなく、渾然一体となって日本の「草の根」をかたちづくる若く新しい世代の人々に、心をこめてこの新しい綜合文庫をおくり届けたい。それは知識の泉であるとともに感受性のふるさとであり、もっとも有機的に組織され、社会に開かれた万人のための大学をめざしている。大方の支援と協力を衷心より切望してやまない。

一九七一年七月

野間省一

講談社文庫 最新刊

伊兼源太郎　地検のS

湊川地検の事件の裏には必ず「奴」がいる——。元記者による、新しい検察ミステリー！

中村ふみ　月の都 海の果て

東の越国後継争いに巻き込まれた元王様。軟禁中に大発生した暗魅に立ち向かう羽目に!?

吉川永青　老　侍

群雄割拠の戦国時代、老いてなお最期まで「侍」だった武将六人の生き様を描く作品集。

日野草　ウェディング・マン

妻は殺し屋——？　尾行した夫が見た、驚愕の妻の姿。欺きの連続、最後に笑うのは誰？

中島京子 ほか　黒い結婚 白い結婚

結婚。それは人生の墓場か楽園か。7人のストーリーテラーが、結婚の黒白両面を描く。

デボラ・クロンビー　西田佳子 訳　警視の謀略

ロンドンの主要駅で爆破テロが発生。キンケイド警視は記録上〝存在しない〟男を追う！

さいとう・たかを　戸川猪佐武 原作　歴史劇画　大宰相
〈第八巻　大平正芳の決断〉

解散・総選挙という賭けに敗れた大平に、辞任圧力を強める反主流派。四十日抗争勃発！

古井由吉

野川

東京大空襲から戦後の涯へ、時空を貫く一本の道。老年の身の内で響きあう、生涯の記憶と死者たちの声。現代の生の実相を重層的な文体で描く、古井文学の真髄。

解説=佐伯一麦　年譜=著者、編集部

ふA12
978-4-06-520209-8

古井由吉

詩への小路　ドゥイノの悲歌

リルケ「ドゥイノの悲歌」全訳をはじめドイツ、フランスの詩人からギリシャ悲劇まで、詩をめぐる自在な随想と翻訳。徹底した思索とエッセイズムが結晶した名篇。

解説=平出 隆　年譜=著者

ふA11
978-4-06-518501-8

芥川龍之介　藪の中
有吉佐和子　新装版 和宮様御留
阿刀田　高　ナポレオン狂
阿刀田　高　新装版 ブラック・ジョーク大全
相沢忠洋　「岩宿」の発見〈幻の旧石器を求めて〉
鮎川哲也　りら荘事件
赤川次郎　偶像崇拝殺人事件
赤川次郎　人間消失殺人事件
赤川次郎　三姉妹探偵団
赤川次郎　三姉妹探偵団2〈キャンパス篇〉
赤川次郎　三姉妹探偵団3〈珠美・初恋篇〉
赤川次郎　三姉妹探偵団4〈怪奇篇〉
赤川次郎　三姉妹探偵団5〈復讐篇〉
赤川次郎　三姉妹探偵団6〈危機一髪篇〉
赤川次郎　三姉妹探偵団7〈駆け落ち篇〉
赤川次郎　三姉妹探偵団8〈人質篇〉
赤川次郎　三姉妹探偵団9〈青ひげ篇〉
赤川次郎　三姉妹探偵団10〈父恋し篇〉
赤川次郎　死が小径をやってくる〈三姉妹探偵団11〉
赤川次郎　死神のお気に入り〈三姉妹探偵団12〉
赤川次郎　次女と野獣〈三姉妹探偵団13〉
赤川次郎　心地よい悪夢〈三姉妹探偵団14〉
赤川次郎　ふるえて眠れ、三姉妹〈三姉妹探偵団15〉
赤川次郎　三姉妹、呪いの道行〈三姉妹探偵団16〉
赤川次郎　三姉妹、初めてのおつかい〈三姉妹探偵団17〉
赤川次郎　恋の花咲く三姉妹〈三姉妹探偵団18〉
赤川次郎　月もおぼろに三姉妹〈三姉妹探偵団19〉
赤川次郎　三姉妹、ふしぎな旅日記〈三姉妹探偵団20〉
赤川次郎　三姉妹、清く貧しく美しく〈三姉妹探偵団21〉
赤川次郎　三姉妹と忘れじの面影〈三姉妹探偵団22〉
赤川次郎　三姉妹、舞踏会への招待〈三姉妹探偵団23〉
赤川次郎　三人姉妹殺人事件〈三姉妹探偵団24〉
赤川次郎　三姉妹、さびしい入江の歌〈三姉妹探偵団25〉
赤川次郎　静かな町の夕暮に
泡坂妻夫　花火と銃声
新井素子　グリーン・レクイエム
安能務 訳　封神演義 全三冊
安西水丸　東京美女散歩
トルーマン・カポーティ　安西水丸 訳　真夏の航海
綾辻行人　緋色の囁き
綾辻行人　暗闇の囁き
綾辻行人　黄昏の囁き
綾辻行人　殺人方程式〈切断された死体の問題〉
綾辻行人　鳴風荘事件 殺人方程式II
綾辻行人　十角館の殺人〈新装改訂版〉
綾辻行人　水車館の殺人〈新装改訂版〉
綾辻行人　迷路館の殺人〈新装改訂版〉
綾辻行人　人形館の殺人〈新装改訂版〉
綾辻行人　時計館の殺人〈新装改訂版〉(上)(下)
綾辻行人　黒猫館の殺人〈新装改訂版〉
綾辻行人　暗黒館の殺人 全四冊
綾辻行人　びっくり館の殺人
綾辻行人　奇面館の殺人(上)(下)
綾辻行人　どんどん橋、落ちた〈新装改訂版〉
我孫子武丸　探偵映画
我孫子武丸　新装版 8の殺人

講談社文庫　目録

あさのあつこ　NO.6〔ナンバーシックス〕#9
あさのあつこ　NO.6 beyond〔ナンバーシックス・ビヨンド〕
あさのあつこ　待　っ　て　る〈橘屋草子〉
あさのあつこ　さいとう市立さいとう高校野球部(上)(下)
あさのあつこ　甲子園でエースしちゃいました〈さいとう市立さいとう高校野球部〉
阿部夏丸　泣けない魚たち
朝倉かすみ　肝、焼ける
朝倉かすみ　好かれようとしない
朝倉かすみ　ともしびマーケット
朝倉かすみ　感応連鎖
朝倉かすみ　たそがれどきに見つけたもの
朝比奈あすか　憂鬱なハスビーン
朝比奈あすか　あの子が欲しい
荒山　徹　柳生大作戦(上)(下)
天野作市　気高き昼寝
天野作市　みんなの旅行
青柳碧人　浜村渚の計算ノート
青柳碧人　浜村渚の計算ノート　2さつめ〈ふしぎの国の期末テスト〉
青柳碧人　浜村渚の計算ノート　3さつめ〈水色コンパスと恋する幾何学〉

青柳碧人　浜村渚の計算ノート　3と1/2さつめ〈ふえるま島の最終定理〉
青柳碧人　浜村渚の計算ノート　4さつめ〈方程式は歌声に乗って〉
青柳碧人　浜村渚の計算ノート　5さつめ〈鳴くよウグイス、平面上〉
青柳碧人　浜村渚の計算ノート　6さつめ〈パピルスよ、永遠に〉
青柳碧人　浜村渚の計算ノート　7さつめ〈悪魔とポタージュスープ〉
青柳碧人　浜村渚の計算ノート　8さつめ〈虚数じかけの夏みかん〉
青柳碧人　浜村渚の計算ノート　8と2分の1さつめ〈つるかめ家の一族〉
青柳碧人　浜村渚の計算ノート　9さつめ〈恋人たちの必勝法〉
青柳碧人　東京湾　海中高校
青柳碧人　希土類少女
朝井まかて　花競べ〈向嶋なずな屋繁盛記〉
朝井まかて　ちゃんちゃら
朝井まかて　すかたん
朝井まかて　ぬけまいる
朝井まかて　恋歌
朝井まかて　阿蘭陀西鶴
朝井まかて　藪医　ふらここ堂
朝井まかて　福袋
歩　りえこ　ブラを捨て旅に出よう〈貧乏乙女の"世界一周"旅行記〉

安藤祐介　営業零課接待班
安藤祐介　被取締役新入社員
安藤祐介　おい！山田〈大翔製菓広報宣伝部〉
安藤祐介　宝くじが当たったら
安藤祐介　一〇〇〇ヘクトパスカル
安藤祐介　テノヒラ幕府株式会社
青木　理　絞首刑
天祢　涼　議員探偵・漆原翔太郎〈セシューズ・ハイ〉
天祢　涼　都知事探偵・漆原翔太郎〈セシューズ・ハイ〉
麻見和史　石の繭〈警視庁殺人分析班〉
麻見和史　蟻の階段〈警視庁殺人分析班〉
麻見和史　水晶の鼓動〈警視庁殺人分析班〉
麻見和史　虚空の糸〈警視庁殺人分析班〉
麻見和史　聖者の凶数〈警視庁殺人分析班〉
麻見和史　女神の骨格〈警視庁殺人分析班〉
麻見和史　蝶の力学〈警視庁殺人分析班〉
麻見和史　雨色の仔羊〈警視庁殺人分析班〉
麻見和史　奈落の偶像〈警視庁殺人分析班〉
麻見和史　鷹の砦〈警視庁殺人分析班〉

講談社文庫　目録

五木寛之　百寺巡礼 第六巻 関西
五木寛之　百寺巡礼 第七巻 東北
五木寛之　百寺巡礼 第八巻 山陰・山陽
五木寛之　百寺巡礼 第九巻 京都II
五木寛之　百寺巡礼 第十巻 四国・九州
五木寛之　海外版 百寺巡礼 インド1
五木寛之　海外版 百寺巡礼 インド2
五木寛之　海外版 百寺巡礼 朝鮮半島
五木寛之　海外版 百寺巡礼 中　国
五木寛之　海外版 百寺巡礼 ブータン
五木寛之　海外版 百寺巡礼 日本・アメリカ
五木寛之　青春の門 第七部 挑戦篇
五木寛之　青春の門 第八部 風雲篇
五木寛之　親鸞 青春篇 (上)(下)
五木寛之　親鸞 激動篇 (上)(下)
五木寛之　親鸞 完結篇 (上)(下)
五木寛之　五木寛之の金沢さんぽ
井上ひさし　モッキンポット師の後始末
井上ひさし　ナ　イ　ン

井上ひさし　四千万歩の男 全五冊
井上ひさし　四千万歩の男 忠敬の生き方
井上ひさし　黄金(きん)の騎士団 (上)(下)
井上ひさし　一分ノ一 (上)(中)(下)
井上ひさし 司馬遼太郎　新装版 国家・宗教・日本人
池波正太郎　私　の　歳　月
池波正太郎　よい匂いのする一夜
池波正太郎　梅安料理ごよみ
池波正太郎　わが家の夕めし
池波正太郎　新装版 緑のオリンピア
池波正太郎　新装版 殺しの四人 〈仕掛人 藤枝梅安(一)〉
池波正太郎　新装版 梅安蟻地獄 〈仕掛人 藤枝梅安(二)〉
池波正太郎　新装版 梅安最合傘 〈仕掛人 藤枝梅安(三)〉
池波正太郎　新装版 梅安針供養 〈仕掛人 藤枝梅安(四)〉
池波正太郎　新装版 梅安乱れ雲 〈仕掛人 藤枝梅安(五)〉
池波正太郎　新装版 梅安影法師 〈仕掛人 藤枝梅安(六)〉
池波正太郎　新装版 梅安冬時雨 〈仕掛人 藤枝梅安(七)〉
池波正太郎　新装版 忍びの女 (上)(下)
池波正太郎　新装版 殺しの掟

池波正太郎　新装版 抜討ち半九郎
池波正太郎　新装版 娼婦の眼
池波正太郎　近藤勇白書 〈レジェンド歴史時代小説〉 (上)(下)
井上　靖　楊　貴　妃　伝
石牟礼道子　新装版 苦海浄土(くがいじょうど) 〈わが水俣病〉
いわさきちひろ　ちひろのことば
いわさきちひろ 松本　猛　いわさきちひろの絵と心
いわさきちひろ 絵本美術館編　ちひろ・子どもの情景 〈文庫ギャラリー〉
いわさきちひろ 絵本美術館編　ちひろ・紫のメッセージ 〈文庫ギャラリー〉
いわさきちひろ 絵本美術館編　ちひろの花ことば 〈文庫ギャラリー〉
いわさきちひろ 絵本美術館編　ちひろのアンデルセン 〈文庫ギャラリー〉
いわさきちひろ 絵本美術館編　ちひろ・平和への願い 〈文庫ギャラリー〉
石野径一郎　新装版 ひめゆりの塔
今西錦司　生物の世界
井沢元彦　義経幻殺録
井沢元彦　光と影の武蔵 〈切支丹秘録〉
井沢元彦　新装版 猿丸幻視行
一ノ瀬泰造　地雷を踏んだらサヨウナラ
泉　麻人　大東京23区散歩

伊集院 静 乳房
伊集院 静 遠い昨日
伊集院 静 夢は枯野を〈競輪躁鬱旅行〉
伊集院 静 野球で学んだこと ヒデキ君に教わったこと
伊集院 静 峠の声
伊集院 静 白秋
伊集院 静 潮流
伊集院 静 機関車先生
伊集院 静 冬の蜻蛉
伊集院 静 オルゴール
伊集院 静 昨日スケッチ
伊集院 静 アフリカの王(上)(下)
伊集院 静 あづま橋
伊集院 静 ぼくのボールが君に届けば
伊集院 静 駅までの道をおしえて
伊集院 静 受け月
伊集院 静 坂の上のμ〈野球小説アンソロジー〉
伊集院 静 ねむりねこ
伊集院 静 新装版 三年坂

伊集院 静 お父やんとオジさん(上)(下)
伊集院 静 ノボさん(上)(下)〈小説 正岡子規と夏目漱石〉
いとうせいこう 存在しない小説
いとうせいこう 我々の恋愛
井上夢人 メドゥサ、鏡をごらん
井上夢人 ダレカガナカニイル…
井上夢人 プラスティック
井上夢人 オルファクトグラム(上)(下)
井上夢人 もつれっぱなし
井上夢人 あわせ鏡に飛び込んで
井上夢人 魔法使いの弟子たち(上)(下)
井上夢人 ラバー・ソウル
池井戸 潤 果つる底なき
池井戸 潤 架空通貨
池井戸 潤 銀行狐
池井戸 潤 仇敵
池井戸 潤 BT'63(上)(下)
池井戸 潤 空飛ぶタイヤ(上)(下)
池井戸 潤 鉄の骨

池井戸 潤 新装版 銀行総務特命
池井戸 潤 新装版 不祥事
池井戸 潤 ルーズヴェルト・ゲーム
池井戸 潤 半沢直樹1〈オレたちバブル入行組〉
池井戸 潤 半沢直樹2〈オレたち花のバブル組〉
池井戸 潤 半沢直樹3〈ロスジェネの逆襲〉
池井戸 潤 半沢直樹4〈銀翼のイカロス〉
糸井重里 ほぼ日刊イトイ新聞の本
石田衣良 LAST［ラスト］
石田衣良 東京DOLL
石田衣良 てのひらの迷路
石田衣良 40 翼ふたたび
石田衣良 sex
石田衣良 逆島断雄〈進駐官養成高校の決闘編1〉
石田衣良 逆島断雄〈進駐官養成高校の決闘編2〉
石田衣良 逆島断雄〈本土最終防衛決戦編1〉
石田衣良 逆島断雄〈本土最終防衛決戦編2〉
井上荒野 ひどい感じ—父・井上光晴
稲葉 稔 椋鳥の影〈八丁堀手控え帖〉

講談社文庫　目録

2020年3月15日現在